放課後の厨房男子

秋川滝美

幻冬舎文庫

放課後の厨房男子

チューボー

放課後の厨房男子(チューボー)

contents

第一話 起死回生のお好み焼き 7
第二話 マザコン男と野菜炒め 61
第三話 包丁部、気合いの五目飯 129
第四話 魅惑のクロテッドクリームもどき 169
第五話 男の実直スコーン 253

第一話

起死回生のお好み焼き

四月のとある火曜日。花冷えという言葉に相応(ふさわ)しい肩をすくめるような気温の中、真新しい制服に身を包んだ新入生たちが通り過ぎていく。校門から体育館に続く通路にはずらりと長机が並べられていた。

二年生になったばかりの勝山大地(かつやまだいち)は、深呼吸をひとつしたあと、彼らに向かって声を張り上げた。

「豚汁試食中でーす！　できたて熱々の豚汁、あったまりますよー！」

大地がいるのは校門から三つ目、バスケット部とサッカー部に挟まれた机だった。

両隣の机には次々と生徒が訪れ、入部希望者名簿に名前を連ねていく。いずれも県内屈指の強豪で、入部希望者が多すぎて入部者選抜がおこなわれる年もあるというほどなので、呼び込みの必要など皆無。机にあるのは部の名前を示す貼り紙と数枚のリーフレット、入部希望者名簿ぐらいのものである。人気の度合いによって呼び込む声の多寡はあるものの、いずれの机も似たような状況だった。

そんな中で唯一、周囲と異なるのが大地のいる机である。

机の上に置かれているのは外側が黒、内側が朱塗りの味噌汁椀。使い捨ての容器ではなく、プラスティックとはいえ、ちゃんとした食器を持ち出したのは、三年生で部長でもある日向翔平の厳命によるものだった。

「椀なんていくらでもある。俺の力作をちゃちな使い捨て容器なんかに入れるんじゃねえ！」

翔平はそう言って大地の前にプラスティック椀を積み上げた。翔平の気持ちはわからないでもないが、使い捨ての発泡スチロールもプラスティックも大差ない。第一、それを運んだり、洗ったりするほうの身にもなってくれ、と言いたかった。どうせ彼は、そんなもの下っ端の仕事だ、と大地に押しつけるに違いない。

椀の横にはカセットコンロと寸胴鍋。もちろん、豚汁が煮立ちすぎないようにトロ火に整えられているし、時折吹き付ける風で火が消えたりしないようアルミガードで覆うという念の入りよう。脇には薬味の葱と七味唐辛子の小瓶も用意されていた。

大地が上げた声を聞きつけて、通り過ぎようとしていたひとりの生徒が足を止めた。

「それ、ただで食っていいんですか？」

「もちろん。末那高包丁部名物の豚汁です。熱いところをどうぞ！」

大地はすかさず寸胴鍋から豚汁をよそって刻み葱を散らし、割り箸と共に生徒に渡した。

受け取った生徒は、早速椀に口をつけて一口啜った。

「あったまるー！　しかも、なにこれ、すっげえ旨え！　ニンジンも大根も口の中でほろっとほどけるし、豚肉の脂の入り加減が絶妙！　しかもこの生姜の風味がなんとも言えない‼」

イチョウ切りにされた大根やニンジン、ささがきのゴボウ、小さく刻まれたこんにゃくに程よく脂身が入った豚バラ肉。万能葱の緑は目に沁みるほど鮮やかである。

味付けは万人向けの合わせ味噌。千切りにされた生姜がときどき歯に触り、優しい味わいを引き締めていた。

ひとりの生徒が食べ始めたおかげで、それまで何となく様子を窺っていた周囲の生徒たちがテーブルに群がり始めた。大地はにやりと笑い、次々に豚汁をよそった。

熱々の豚汁にふうふう息を吹きかけて冷ましながら、それでも怒濤の勢いで食べ終わった生徒のひとりが大地に椀を返しながら訊ねた。

「ごちそうさまでした！　えーっと、ここって家庭部なんですか？」

「そこに書いてあるだろ？　包丁部！　家庭部なんて言ったら部長に微塵に刻まれちゃうよ」

「ほう……ちょう……部？」

「そう、家庭部でも料理部でもなく包丁部。包丁を使うから包丁部、わかりやすいだろ？」

「ぜ……ぜんぜん」

　家庭部とか料理部のほうが絶対わかりやすい。

　そう思ったのは質問した生徒だけではなかったはずだ。それでも彼らは、一宿一飯ならぬ一椀の恩義を感じてか、それ以上突っ込むこともなく空になった椀を返した。口々に礼を言うものの、入部希望者名簿に名を連ねようとする者はおろか、活動内容についての質問をする者すらひとりもいなかった。

「説明会のあと、調理実習室で実演もやるから見に来て！　芸術教科棟の二階だからね！」

　大地は去って行く彼らに、根気よく声をかけ続けた。それを見ていたバスケット部の二年生部員が、忍び笑いを漏らす。彼は、大地と同じクラスだった。

「大変だなあ、人気のない部は」

「ほっとけ」

「なんならその鍋の豚汁、片付けてやろうか？」

「もうほとんど残ってない！　それに残ってたとしても、お前らに食わせるためのものじゃない！」

これは新入部員勧誘のために作った豚汁だ。既にバスケット部に所属していて、包丁部になんてこれっぽっちも興味を持っていない奴らに食わせるわけがない。

寝言は寝て言え！　と息巻く大地をバスケット部員はからかい続ける。

「でもさあ、その豚汁を最初に食ったのって、お前んとこの先輩だろ？　もう入部してるし、新入部員になりそうもない人間ってことに変わりねえじゃん」

「う……うるせえ！　部員が作ったものを部員が食ってどこが悪い！　とにかくお前にはやらない！」

「はいはい、そうですか。サクラまで使って大変なこって。ひとりぐらい入部するといいな。なんならうちの入部選抜テストに落ちた奴、紹介してやろうか？」

「大きなお世話だよ！」

吐き捨てるように言った大地に、両隣の机から小馬鹿にするような笑いが降り注いだ。

＊

「誰も来てないんですか……」

大地はため息をつきながら、机の向こうにいる先輩の様子を窺うように見た。

大地は体育館でおこなわれた新入生歓迎会を兼ねた部活説明会から戻ったところ。終わったあと体育館の片付けまで済ませてきたから、会が終わってから三十分以上が過ぎていた。

薄暗い廊下にぽつんと置かれた長机の前に陣取っているのは日向翔平。しっかりある上背、広い肩幅、制服の上からはわからないが、彼の肩や二の腕にどれほど筋肉がついているか、大地は知っている。

初めて見たとき、運動部所属でもないのに……と違和感を隠せなかった。そんな大地に、翔平は『健康な身体（からだ）は料理人の必須条件だ。それに、大鍋や鉄製の重いフライパンを振り回すのに筋力は不可欠なんだ』と説明した。

聞くところによると彼は、良き料理人でありたいと考えるあまり、家でせっせと筋トレに励んでいるらしい。時間と筋肉の無駄遣いすぎる、とは思ったが、そんなことを言ったら巨大なフライパンを片手に襲いかかられかねない。言わぬが花というものだった。

グラウンドでは真新しいジャージ姿の新入生が真剣な眼差しで上級生の活動を見つめていたし、ここに来るときに通ってきた音楽室や美術室には、熱心に質問をしている新入生の姿があった。それなのに、この調理実習室を訪れた者は誰もいないらしい。

翔平が腕組みをしてふんぞり返ったまま答えた。

「来るとでも思ってたのか」

「いや、そんなに期待はしてませんでしたが、まさかひとりもいないとは……」

「ここでやるって決めた時点で結果は見えてただろう。こんな奥、本館じゃなくて芸術教科棟、しかも二階なんだぞ。一階にある音楽室や美術室ならともかく、ここに調理実習室があること自体、知らない新入生のほうが多い」

「でも説明会の前の試食では、あんなにたくさん集まってくれたのに！」

実演をやる場所だって、時間だってちゃんと伝えた、と大地は口を尖らせる。だが、翔平の表情は少しも緩まない。

「そんなのは毎年のことだ。去年、お前らが入学してきたときだってそうだった。試食用の鍋はあっという間に空になる。まだ肌寒いし、高校生男子なんて年中空きっ腹を抱えてるんだから、目の前に食い物があったら群がるに決まってる。だが、実際にうちの部に興味を持ってここに来る奴はいない。いるのは、できあがった頃に来て豚汁をもう一杯食おうって輩ばっかりだ。覚えがあるだろう？」

翔平にじろりと睨まれて、大地は気まずそうに俯く。だめ押しをするような翔平の台詞が続いた。「実演開始後四十分、そろそろ完成するって頃にぞろぞろやってきたんだったよな？」

「そう……です」

「何人かで連れだってきて、できあがった豚汁をばかすか食ってさっさと帰っていった。要するに、製造過程なんてどうでも良くて、ただ腹の虫を抑えたかっただけ。そりゃそうだよな、お前はあの時点では陸上部に入ることしか考えてなかったんだから」

「すみません」

さらに肩をすぼめて小さくなった大地は、助けを求めるように長机の脇に立っている月島颯太を見た。颯太は翔平と同じ三年生で、この部の副部長。新入生歓迎会前の試食でサクラを務める程度にはこの部の将来を危ぶんでいるらしい。

とはいっても、颯太は翔平ほど部活動に入れ込んでいるわけではなく、料理のノウハウを身につけるためにやむなく籍を置いている。だからこそ後輩たちの気持ちがわかるし、こうやって後輩が翔平に睨まれたりしたときは庇うことも多かった。

「まあ、そういじめてやるなよ。大地は結果的には入部したんだし」

「入部といったって、夏になってか……」

そのとき、颯太が翔平の言葉を遮った。

「やめとけ、翔平」

そして颯太は、俯きかけた大地の肩を元気づけるようにぽん、と叩いた。

翔平は一瞬、微妙に後ろめたそうな顔になった。大地が入部するに至った事情を思いだしたからだろう。

大地は入学してすぐに陸上部に入部した。中学時代からやっていた長距離競技を続けるためだったが、入部してすぐに膝を壊してしまい、それ以上陸上を続けることができなくなってしまった。やむなく退部し、ぶらぶらしていたところを出身中学が同じだった颯太に誘われ、包丁部に入部したという経緯がある。

自分の無理が原因だったとはいえ、陸上競技を断念せねばならなかったことは、一年近く経った今でも触れられたくない大きな傷だった。

話を止めてくれた颯太に感謝の眼差しを向けた大地に、彼は軽く頷きながら言った。

「やっぱり問題は大多数の『食い逃げ』連中だ。しかも、味もまったくわかってない。今年もひどかった。特にあの、なんだか線の細い一年生……」

「あーあの『すごく美味しいです！　これ、どこのレトルトですか？』って訊いた奴ですか？」

　その言葉を聞いたとたん、翔平が吠えた。

「レトルトだと⁉　そういう奴はここに引きずって来い！　三角コーナーごと生ゴミをぶつけてやる！　レトルトを温め直しただけの豚汁で、野菜の皮やらなんやらのゴミが出るかよ！」

　翔平は、俺の渾身の作をレトルト扱いしやがって、とぶつぶつ言い続けている。

「多分、まともな料理なんて食ったことないんじゃないかな。俺たちにしてみれば、むしろ気の毒だよ」

「わかってる」

「でも、きっとプロが作って製品化したんじゃないかって思うぐらい旨かったんでしょう」

　大地は苦い顔のままの翔平を宥めるように言った。颯太も笑いながら続ける。

「そいつにしてみたら『レトルト』は最大の褒め言葉だったのかも。周りにいたみんなが旨い旨いって食ったんだから、万人向けの味付けだったはずだし、もしかしたら買ってきた物かも……なんて感じたのかもな。実際は、ごく普通の家庭料理程度だったとしても」

「普通の家庭料理程度で悪かったな！」

「高校生で普通の家庭料理がさくさく作れたら上等。俺たちが目指すのはそこなんだから問題なし。普通の飯が普通に作れるってのは男の自立条件だし」

「そうですよ！　俺だってなにも板前を目指してるわけじゃないし」

「うん、大地ほど手が遅くちゃ板前は無理だよね」

「先輩、ひでえ……」

「ごめんごめん。ま、翔平はともかく、俺たちは普通に飯が作れれば十分なんだよね。ここ以外で料理ができる場所はないし、人が来ないのは毎年のこと。これ以上待っていても誰も来そうにないから、もう始めようよ」

「おう……」

　颯太の言葉で翔平は腕組みを解いて立ち上がり、調理実習室の中に入った。

　県立末那高校は今年、創立一〇二周年を迎えた男子校である。生徒数は三学年で千二百余名。一学年十クラス編成で、今時の公立高にしては珍しい大規模高校だった。

　男子校だけあって部活動は運動部が主流であるが、吹奏楽部や美術部、囲碁将棋部、カルタ部に鉄道研究部、漫画・アニメ部といった文化系の部も存在している。

　ただ、男子校の部活の中に料理をする部がある学校は珍しい。特に『包丁部』なんて名称を使っているのは、全国を探しても末那高だけだと大地は確信している。

包丁部はいわゆる料理部だ。部長の翔平は頑としてその呼び名を拒否しているが、実態は料理部以外のなにものでもない。

この部を作ったのは、料理が好きで好きでたまらないのに、家で料理をすることを許されなかった生徒だと聞いている。彼の父親は男尊女卑を絵に描いたような昔気質（かたぎ）の人間。「男子厨房に入らず」をモットーとしていて、料理をしているのを見つかるたびにこっぴどく叱られていたそうだ。

そんな彼が、学校でなら父親の目に触れることもないだろうと目論（もくろ）んで立ち上げたのがこの部らしい。

通知表に記載される所属が「料理部」や「家庭部」では父親にバレバレ。やむなくつけたのが「刀剣（とうけん）研究部」で、父親には刀剣類についての歴史、あるいは地理的考察をする部だと嘯（うそぶ）いたという。

彼の父親がそれをまともに信じたとは思えないが、末那高に刀剣研究部が設立されたのはそうした次第。活動が始まって、刀剣研究部が実は単なる料理部だとわかったあとでも、気の毒な初代部長に免じて「料理部」ではなく「包丁部」が通称となり、今に至っていた。

いかつい男子高校生がエプロンに身を包み、大きな手でちまちまとニンジンやら大根やら刻む姿は何やらコミカルではあったが、それをはやし立てるほど周囲は包丁部に関心など持っていなかった。不幸中の幸いとはこのことである。

そう、本当に悲しいぐらいに包丁部に興味を持つ者はいなかった。部が設立されてから現在に至るまでの最高部員数は十二名。それも初代部長が脅しから宥め賺(すか)し、果ては定期考査前のノートの貸し出し、試験のヤマカケという賄賂(わいろ)めいた手段まで使って維持していた数である。ちなみに初代部長は学年一、二を争う秀才だったそうだから、ノートやヤマカケの価値は高かったのだろう。

だがその秀才部長が引退したあと包丁部に残ったのは、料理はともかく成績の上では凡才ばかり。部長のノート目当てに入部した者ばかりなのだから当然の結果で、以後、包丁部の部員数は減少の一途を辿(たど)った。つまり包丁部の歴史は、そのまま部存続の危機との闘いの歴史であった。

「やばいよなあ。今年、ひとりも入ってこなかったら今度こそ廃部だ」

颯太がエプロンの紐を結びながら嘆く。

翔平の前の部長と副部長は、料理への興味は翔平と負けず劣らず……いや、筋トレをやらない分、料理が生活に占める割合は翔平より高かったのかもしれない。したがって料理以外の雑事、つまり部員勧誘にはまったく熱心ではなかった。それどころか、新入部員がいなければ料理の手ほどきも不要、面倒くさくなくていいと公言して憚らなかった。たとえ部が存続の危機に瀕していても、自分たちは間もなく引退する。そのあとのことなんてどうでもいい、とでも思っていたに違いない。

大地が聞いた話によると、新入部員ゲットの最大チャンスである新入生歓迎会でも、部長たちの勧誘活動はおざなりもいいところ。それでも恒例となっている熱々の豚汁に釣られた一年生がひとり、入部するにはしたらしい。

ところが、料理にしか興味のない先輩たちは新入部員の面倒なんて知ったことか、とマニアックな料理を作り続けていた。金の卵みたいな新入部員が、思っていたのと違いました……と去っていくのにかかったのはたったの一ヶ月。その時点で部員数は四名、これはまずい、と慌てた翔平と颯太が走り回って見つけたのが大地だった。

昨年の夏、大地は図書館の自習ブースの一席で、目の前にあるプリントをぼんやり眺めていた。そのプリントには末那高にある部活の名称と活動内容が列記されている。大地はもう何日も、放課後になるたびにこのプリントと向き合って過ごしていた。

たかが部活じゃないか、陸上ができなくなったところで死ぬわけじゃない――。

何度も自分に言い聞かせたが、そのたびに、死なきゃいいって訳じゃないだろ！　と返ってくる。

『死ぬわけじゃない』というのは腹をくくるための究極のフレーズかもしれないが、大地に限ってはあまり効果的ではなかった。

ただ生きているだけでいいのなら、一秒でもタイムを縮めようと毎日何キロも走ったり筋トレを重ねたりしないいし、膝を壊して長距離を走れなくなったところでこんなに絶望したりもしない。

陸上には多種多様な競技がある。長距離を諦めて他の種目に転向することだってできたのに、大地はそうしなかった。長距離を走るときの自分自身の限界に挑むような気持ちや走りきったときの満足感。それを他の競技で得られるとは考えられなかったのだ。

陸上をやるなら長距離。それは大地の中では揺るがぬ信念だった。その長距離が続けられなくなって、大地は腑抜(ふぬ)けのようになっていた。膝を壊したって日常生活に支障があるわけではない。歩くこともできるし、体育の時間に困ることもない。まさに『死ぬわけじゃない』状態だった。それなのに、長距離が走れなくなったというだけで、人生が終わったような気がしていたのだ。

何をする気にもなれず、ただでさえ疎(おろそ)かだった学業はさらに手につかなくなった。

身体上のやむを得ない理由からの退部というだけに、即座に他の部に所属しろとまでは言われなかった。だが、末那高には、生徒は必ずいずれかの部に所属すべし、という校則がある。

生徒に正しい青春を送らせるために、有り余る体力と妄想力を向ける先を確保させたいとでも思っているのだろうが、余計なお世話もいいところだった。しかも兼部は許されない、というのだから意味不明もいいところ。有り余るエネルギーなら分散注入したほうがいいと思うが、そういう考え方はしなかったらしい。

いずれにしても、陸上部は辞めてしまったのだから、どこか他の部に入るしかなかった。長距離を走らずにすむスポーツはいくらでもある。親や教師からは、心機一転、陸上以外のスポーツを始めてはどうか、という助言も受けた。

けれど長距離では好成績を残し、表彰台常連だった大地にとって、一から出直しというのには抵抗があったし、強豪ばかりの末那高運動部に初心者がついていけるとは思えなかった。そもそも、陸上部の練習を横目で見ながら他のスポーツをやるなんて辛すぎる。

適当に文化部に入ってごまかすしかない。どこかにほとんど活動していないような文化部はないだろうか……と部活一覧を眺め始めた。けれど大地は子どもの頃からじっとしているのが苦手な典型的な体育会系。ここ数年は陸上に打ち込んできたせいもあって、今さら文化部の説明を読んだところで興味を覚えるものなどない。選びあぐねて途方に暮れていた大地に、声をかけてきたのが颯太だった。

「ちょっといいかな？」

何の用だよ、面倒くせえ……という思いを込めた迷惑そうな視線を、彼はものともしなかった。

「君、陸上部辞めちゃったんだってね」

なんでこいつがそんなことを知っているんだろう。まさか陸上部の顧問か、クラス担任が『ナウオンセール』とでもタグをつけて、どこかに写真でも貼りだしたんだろうか……

そんな、あるはずがないことを考えながら、大地は声をかけてきた相手をまじまじと見つめた。

身長は大地と同じか少し低いぐらい。男のくせに柳腰という言葉がぴったりくる体形で、耳にかかればアウト、という校則ぎりぎりの長さに止(とど)めた髪はやけに茶色かった。

「心配しなくても、怪しい者じゃないよ」

「怪しい人に限ってそう言いますよね」

彼の襟元につけられた学年章は『II』。大地は『先輩にタメ口は厳禁』と叩き込まれた手前、つい敬語になってしまう自分を悔しく思いながら言い返した。颯太はそんな大地に、一瞬目を見張り、そのあと盛大に笑った。

「ほんとだよね。見るからに怪しそうだからこそ、怪しくないっていう説明が必要になるんだもんね。でも、俺は本当に怪しくない。至っていい奴だから安心して」

安心できねえよ。

そもそもこいつ、俺のところに真っ直ぐに歩いてきた。結構広い図書館の一番奥で人目につかないところだから、たまたま偶然通りかかったってわけじゃない。俺がここにいるってわかってたとしか思えない。俺は今日、図書館に行くなんて誰にも話していないのに、どこからそんな情報を得たんだ。怪しすぎるだろう！

そんな感情が顔に浮かんでいたとは思えないが、颯太はまるで超能力者のように、大地の疑問を読み取った。

「この場所、図書館の一番奥だから人目につかなくていいよね。自習時間とか俺もよくここで寝てるよ。でも、ここって俺たちの部室から丸見えなんだよ」

そう言いながら颯太は、大地の脇にある窓に近づき、そこから外を指さした。中庭に面した窓から見えたのは調理実習室だった。

「俺、君のこと知ってたんだ。毎日グラウンドで黙々と走ってたよね。朝練もやってたし、放課後も遅くまで。よくあんなに走れるもんだって感心してた」

「陸上部なんだから当然走ります。他にも俺みたいな奴いっぱいいます」

「君みたいに楽しそうに走ってる奴はいなかったよ。走れることが嬉しくて仕方ないって感じに見えた」

「俺、走るの好きだったし……」

好きじゃなければ続けられない。一日に二〇キロ近く走る日もある。延々とただひたすらに走り続ける長距離グループは、陸上部においてすらマゾ集団だと言われるぐらいなのだ。

「その『走るの大好き』な一年生がこのところちっとも走ってない。それどころか放課後になると毎日のように図書館にいる。やっぱり気になるじゃないか」

そして彼は、顔見知りの陸上部員に訊ねた結果、大地が退部したことを知ったらしい。

「なんでですか？　俺が走ろうが走るまいが、あん……先輩に関係ないでしょ？」

あんたに、と言いかけて先輩と言い直した大地をちょっと笑って、颯太は言った。

「君、美珠(みたま)中でしょ？」

「え……」

なんで？　と思いながら颯太を改めて見た大地は、その顔に何となく見覚えがあることに気付いた。そういえば、このやけに目立つ髪の色にも覚えがある。

「あ……れ？　もしかして……」

「うん。俺も美珠中なんだ」

「生徒会長、やってました……？　確か……月島……」

「月島颯太。覚えててくれたんだ」

あの頃は、俺、自己顕示欲の固まりだったから……と、颯太は笑った。

「俺たちの中学から末那高に来る奴ってそんなにいないでしょ？　だから、美珠から来た奴は何となくチェックしてるんだよ。君は中学も陸上部で、集会のときに何度も表彰されてたから覚えてたんだよ」

集会のとき、生徒会役員は準備だ、司会進行だと駆り出されることが多い。ステージ脇で待機するから、表彰される生徒の顔を間近で見られるのだと颯太は説明してくれた。

「中高通じての後輩君の身に何が起きたか気になった俺は、好奇心剝き出しで参上したわけ」

「好奇心剝き出しって、自分で言いますか……」

「だってそのとおりだもん」

からからと笑う颯太は、訊きたくても訊けずに遠巻きにしているクラスメイトたちよりも、ずっと潔くて清々しいほどだった。そう感じたのは、中学も同じだとわかって少し気を許したせいかもしれない。

「俺、もう長距離、走れなくなったんです」

「だろうね。どっか壊した？」

「膝。でも、壊したじゃなくて壊れたって言ってください」

「うーん、それはどうかな？　壊れるまで無理して使ったんじゃないの？　だったらそれは『壊れた』じゃなくて『壊した』だと思うけど」

道具だってなんだって想定から外れた使い方をすれば壊れる。負荷か、頻度か、あるいは時間か、そのいずれかが間違っていたのではないか、と颯太は言う。

「あんなによく走れるなと感心したのは確かだけど、同時に心配もしてた。あんなに走りっぱなしで大丈夫なんだろうか、って」

「大丈夫じゃなかったみたいです」

そう、大丈夫じゃなかった。だからこそ膝が悲鳴を上げた。もう、お前の足は一生分を走り終えた。そう言わんばかりに、ちょっと長い距離を走ろうとすると膝は存在を主張した。

その痛みでもって……

ライバルよりちょっとでも長く練習することで、先んじようと必死だった。ライバルが休んでいる間、自分は走っている。それならばきっとライバルよりいい記録が出せるはずだ。そう信じて、走り続けた。休むことが怖かったのかもしれない。

天才ランナーじゃないという自覚があったからこそ、記録を支えるのは練習しかないと思い込んでいたのだ。休まないことで、どれだけ身体に負担をかけるかなんてわかっていなかった。いや、わかっていてもわからないふりをしていた。長距離を走れなくなったのは、まだ大丈夫、もうちょっとやれるという過信の結果だ。壊れたじゃなくて壊したのだ、と言われればそのとおりだった。

「後悔してる？」

「もちろんです。もし過去に戻れるなら、もうちょっと考えます」

「ほんとに？」

颯太は疑わしそうな眼差しで大地を見た。なぜそんな目で見られるのか、疑問に思うほどだった。

「俺はさ、歴史は繰り返すって本当だと思うね。人間ってあんまり学習しない生き物だと思うんだ。君が過去に戻れたとしても、この練習で明日のタイムが〇・一秒縮まるかもしれない、って思ったらやっぱり練習するんじゃないかなあ」

「そんなことありません。もう無理なんてしな……」

「だからさ、その『無理』を判断することができるのかな？　って思うわけだよ」

無理だと思わずにやっていたことが実際は無理だった。何が無理で何が無理じゃないのかなんて、そう簡単に測れない。人間はいつだって無理という名のハードルを跳ぶか跳ばないかで大きな賭けをし、勝ったり負けたりしてきた。やってみなければわからない限界線、それが『無理』というハードルなのかもしれない――

颯太はものすごく悟りきった口調でそんなことを語った。大地には、まるで彼自身が過去にそのハードルに挑み、跳び損ねたことがあるみたいに見えた。

「とにかく、起こったことは起こったこと。君は、他の誰でもなく、君自身が無理をして膝を壊した。そのことは忘れないほうがいいよ。無理をしないと向上はないのかもしれないけど、そもそも競技に参加できなくなったら元も子もないもん。あ、競技とは限らないけどね」

なんにせよ、次は無理の見極めがもうちょっと上手くいくといいね、なんて心にびしばし刺さってくる発言が続く。にもかかわらず大地は、颯太を不快に思わない自分が不思議だった。むしろ、自分と一学年しか違わない颯太が、そこまで哲学的な思考ができることに尊敬に近い念を抱いた。

「わかりました。気をつけます」

「ということで、ひとつ提案があるんだけど」

「なんですか？」

「君にとってどう考えても無理じゃないハードルがあるんだけど、跳んでみる気はない？」

颯太の言う「無理じゃないハードル」というのは、包丁部への入部のことだった。

今までの悟りきった、なおかつ非常に説得力のある話の次に、なんで包丁部の勧誘がでてくるのか大地にはまったく理解できなかった。しかも、無理じゃないハードルの根拠は不明。

「意味がわかりません。包丁部って料理部のことですよね？　俺、料理なんてやったことないし、興味も全然ありません」

「うーん……まあそうだろうね。陸上やってて料理も目茶苦茶上手い、なんて少女漫画のヒーローみたいな奴、そんなにいてほしくない」

それで成績も優秀だったらとんでもなく嫌な奴に決まってる、と颯太は架空の人物をこき下ろし始めた。どうせそういう奴は顔だってイケメンだ、と罵（のの）っているが、そう言っている彼自身、どっちかというとイケメン系だった。どっちかというと、という大雑把な分類ではあるが、大別してもいけてないほうだという自覚がある大地から見れば、羨ましい限りだった。

「ご心配なく、俺はただの陸上馬鹿です。先輩と違って料理もできないし、成績だって潜水艦です」

しかも、ほとんど浮上の必要のない最新鋭超高性能潜水艦なんです！　とやけくそのように言い放った大地に、颯太は拍手喝采せんばかりになった。場所が図書館ではなかったら、きっと盛大に両手を打ち鳴らしていたことだろう。

「そうそう、人間は一芸あれば十分だ。最近、天は二物を与えまくりって奴が多すぎるよ。そういうのがいっぱいいるから、何の取り柄もない奴が出てきちゃうような気がしない？」

「……そう言われれば……って、違うでしょ！　とにかく俺は料理なんて……」

「君、彼女いる？」

「いません！」

　何でいきなりそんな質問が、と思わないでもなかった。だが、長年培ったスポーツマン精神が旺盛すぎて、気付いたときには正々堂々と答えてしまっていた。

「彼氏は？」

「勘弁してください！」

「念のためだよ。今はいろんな奴がいるからさ、特にうちは男子校だし」

「俺は別に彼女なんていなくてもいいんです！　ええ、もうきっぱり草食系男子です！」

「女の子って花みたいじゃないか。草食系なら花は好きなはずだろう？」

「解釈が変です！」

　大地は、この突拍子もない会話にほとほと疲れてしまった。

料理部だか包丁部だか知らないが、そんなものは自分にとって論外だし、ここは図書館だ。こんな調子で話を続けていたら、つまみ出されてしまう。今日はもう帰ることにして、あとは家で考えよう……。

そう思った大地は、自習の体裁を繕うために広げていたノートや参考書をしまい始めた。

「俺、今日はこれで帰ります」

「あ、それならちょっとうちの部に寄っていってよ」

「いや、俺もう本当に帰りますから！」

「まあそう言わずに」

どうせ帰ってもすることないんでしょ、とひどく失礼なことを言いながら、颯太は大地をぐいぐい引っ張っていく。二の腕を摑む力が意外に強いことに驚かされ、もしかしたらこいつ細マッチョ系か？　なんて思った。

弁も立つし、中学で生徒会長をやっていたぐらいだから頭だってそこそこいいのだろう。これで運動神経が良かったら、それこそ『とんでもなく嫌みな奴』そのものだ。

そんなことを考えながら引っ張られていった先は、調理実習室だった。

「はーい。ご新規一名さん、お越しー！」

颯太は、賑やかな声を上げながら引き戸を開けた。

中にいたのは三人の生徒。三つのテーブルに分かれて、それぞれがコンロの前でフライパンの柄を握っている。

「ちょっと待ってろ、今、いいとこだから！」

せーの、というかけ声と同時に、三人が一斉にフライパンを振った。

誰ひとり失敗せず、フライパンの中身を見事に裏返す。じゅっという軽い音がして、あたりに漂っていた香ばしい匂いが、さらに濃くなった。

「いいタイミングだったな。もうちょっとで焼けるぞ」

「勝山君、お好み焼きは好き？」

「広島風と大阪風はどっちが好み？」

三人はフライパンから目を離すことなく、次々と話しかけてくる。どうやら颯太が図書館に行った時点で、大地を連れてくることを前提にお好み焼きを作り始めていたらしい。

「今焼いてるのは大阪風だけど、お好みなら広島風も作れるよ」

どうする？　と訊かれ、大地は即答した。

「大阪風で！」

別に、広島風が嫌いなわけではない。目の前で焼き上がりつつあるのが広島風なら、迷わず広島風と答えた。今日は七限まで授業があったし、午後は体育もあった。空腹がすでに限界なところに、この美味しそうな匂いは耐えられるものではない。今すぐ食べられるなら、どっちだってかまわなかったのだ。

「りょーかーい！　すぐ焼けるから、座って座って」

そして彼らは、程なく焼き上がったお好み焼きを三枚、ずらりと大地の前に並べた。

「さあ、食ってくれ！」

「え、これ全部？」

手のひらぐらいの大きさとはいっても三枚は三枚。大地は食べきれるかどうか自信がなかった。

「完食しなくていいけど、三つとも食べてみて、どれが一番旨いか決めてくれ」

そう指示したのは、見たところ二年生なのに、なんだかとても偉そうな物言いの男子だった。

なにそのいきなりのジャッジ要請は……とは思ったけれど、大地は言われるままに三枚のお好み焼きを食べ始めた。

颯太を加えて、四人の男子生徒に見守られての試食はちょっと、いやかなり居心地が悪かった。だが、そんなことは気にもならないほど、そのお好み焼きは美味しかった。

お好み焼き、たこ焼きといった粉物系の王道と言われる『外かり中ふわ』。具の配分、ぴりっと刺激のあるソースの分量まで見事としか言いようがなかった。これを作ったのが高校生の男子なんてちょっと信じられないレベル。箸が全然止まらず、瞬く間に完食してしまった。

「おー、さすが元運動部。しっかり食うなあ！」

「す、すみません。あんまり旨くて全部食っちゃいました」

「材料はまだあるし、いくらでも焼けるから。そんなに旨そうに食ってくれて俺たちも嬉しいよ」

「で、どれが一番旨かった？」

「どれって……」

旨いお好み焼きの条件はどれも満たしていると思った。三枚も食べれば胃にもたれそうなのに、ちっとも重くない。だが、あえて序列をつけろと言われれば答えは簡単だった。

「これが一番旨かったです」

そう言いながら大地が示した皿を見て、さっきの偉そうな二年生が歓声を上げた。

「やった！　俺の勝ちだ！」

「なんでだよー。俺のだって旨いはずなのに！」

「俺のだって！」

　三年生らしきふたりががっくりと肩を落としている。ちょっとかわいそうだとは思ったが、意見を変える気にはなれなかった。

「どこが違った？」

　うぬぬ……としばらく唸っていた三年生のひとりが訊ねてきた。周りの対応を見る限り、どうやら彼が部長らしい。また四人の目が一斉に大地を見る。

「えーっと、なんか厚みがすごかったっていうか……」

「厚み？　そんなに差があった？　材料の分量も揃えたし、フライパンの大きさまで同じにしたのに……」

　もうひとりの三年生が首を傾げている。薄笑いを浮かべ、さもありなんと二年生勝者が頷く。

「厚みはあっても食感はふわふわ。外はしっかり焼けててカリカリ。お手本みたいなお好み焼きでした。他のも美味しかったけど、この皿のに比べたらちょっとだけ重たい感じだったかな。同じ材料なら、なんであんなに厚みに差が出たんですか？」

　理由が訊きたいのはこっちのほうだ、と大地はくだんの二年生に目をやった。彼は、余裕たっぷりの笑顔で説明した。

「蓋を使ったんだ」

「蓋？」

お好み焼きを焼くのに蓋を使うなんて……と大地は驚く。だが、驚いたのは大地だけではなかった。三年生ふたりも、颯太も、へえ……という声まで上げて、その二年生が使った蓋をじろじろ見ている。

「生地を入れてすぐに蓋をする。しばらく蒸らして裏面をしっかり焼いて、ひっくり返したあとは蓋はしない。ここでまた蒸すと、せっかくかりっと焼けた面がふやけちまうからな。で、ひっくり返したほうの面もかりっと焼き上げて完成」

その二年生が焼いたお好み焼きだけが、他のふたりより遥（はる）かに厚みがあったのは蓋をして蒸らすことによって、生地がしっかり膨らんだせいだった。

「蓋のあるなしでここまで変わるのか……。やっぱりすごいな、翔平」

「参ったよ、日向。うちの部のナンバーワンはお前だ」

感心した周囲の声で、偉そうな二年生の名前がわかった。

そう、彼こそが今の部長、日向翔平だった。当時の部長は天野勝（あまのまさる）、副部長が内海英一（うつみえいいち）。そこに月島颯太を加えた四人がそのときの包丁部の総員であった。

「料理はちょっとしたコツで随分変わる。試行錯誤しながらそのコツを見つけていくのは、けっこう楽しいぞ」

翔平が鼻高々で言う。畳みかけるように颯太の説得が始まった。

「勝山君の草食系が将来までずっと続くなら、料理は覚えておいて損はない、って、いうよりも覚えておかないと死活問題だよ。大学行ったら下宿かもしれないし、就職してから転勤で親元を離れるかもしれないし」

たとえ自炊できなくても、ファミレスやコンビニがあれば大丈夫だと思う。最近は何処（どこ）のコンビニも、お弁当だけではなく、レトルト総菜や揚げたての唐揚げなども随分充実してきた。スーパーに行けば冷凍食品だっていくらでも売っている。料理ができなくても、大して支障はない。

大地が言ったそんな意見は、颯太に一蹴された。

「確かにそれは便利かもしれない。でもさ……それって金を持ってる奴の話だよ。俺たちみたいな食い盛りの男が、まともに食事しようとしたらどれぐらい金がかかるかわかる？」

昼飯をコンビニで済まそうとしたとき、どれぐらい金を払うか考えてみてよ、と颯太は言う。

そういえば陸上部時代、練習帰りに小腹を抑えたくてコンビニに寄ることが多かった。

レジ横の肉まん、おでん、あるいは唐揚げやコロッケ……それらを二、三種類買うだけで軽く五〇〇円玉が消えていった。滅多にあることではなかったが、母親が弁当を作れなかったとき、昼飯を丸ごとコンビニで買ったら千円近くかかってしまった。確かに、飯を外で調達するのには金が要る。

「な、それを考えたら断然自炊はお得。料理ができるに越したことはないよ」

「でも、実家を出るかどうかなんてわからないし、そうなったらそうなったときに覚えればいいんじゃないですか？」

「甘いねえ、勝山君。大学なり就職なりで新しい生活が始まって環境は激変。その上、料理まで一から覚えなきゃならないなんて大変じゃないか。今のうちに覚えておけば、生活が変わってご飯を作ってくれる人がいなくなっても、ささっと自分で作れるよ」

「そんなもんですか……」

「たとえ実家に居続けられるにしても、君が死ぬまで親が飯を作ってくれるわけじゃない。それにね、厨房男子は圧倒的に女にもてるよ。草食系でももてれば気分はいいだろう？」

別に……とは言えないほど、颯太は自信たっぷりに言い切った。どうやら彼にとって「女にもてる」というのはかなり大事な要件らしい。中学のときの真面目な生徒会長ぶりとはまったく異なる颯太の発言に、大地は戸惑いを隠せなかった。だが、そんなことはどうでもいい、とばかりに颯太の発言は続く。

「ということで、包丁部に入ってみない？　うちの部はフィジカルもメンタルものすごく楽な部だよ。飯を作ることにしか興味がないし、飯さえ旨ければそれで良しなんだ。唯一の悩みは、部員が足りなくて廃部寸前ってことだけど、それも君が入部してくれれば解決！」

「ということで、よろしくお願いしまっす！」

「うっす！」

四人全員に揃って頭を下げられて、大地はとっさに応えてしまった。

あっ！　と思ったときには後の祭り。武士に二言はない、あってはならない、などと詰め寄られ、その場で入部届を書かされた。俺は別に武士じゃない、なんていう大地の言葉はスルーもいいところだった。

あのときの『お願いしまっす！』はまるで中学の時の陸上部の後輩たちの口調そのままだった。

後輩が先輩に指導を仰ぐとき、彼らは整列して『お願いしまっす！』と頭を下げ、先輩は『うっす』と応える。それが美珠中の慣例。きっと颯太はそのことを知っていて、部員に『お願いしまっす』と頭を下げさせたのだろう。大地が反射的に返事をしてしまうことを見越していたに違いない。

まったく策士だよなあ、颯太先輩は……

あのときのことを思い出すたび大地は、そんな呟きを漏らさずにいられない。でも、今ではその策士に誘い込まれて本当によかったと思っている。
だまし討ちみたいに入れられたとはいえ、それから今までの包丁部での活動は楽しかった
し、ためにもなった。生活の中心だった長距離走を失っても、なんとか生きてこられたのは、
包丁部の先輩たちのおかげと言えた。
走ることしか能がないんじゃないかと言われるほど走りっぱなしだった長距離グループと、
旨い料理を作ることしか考えないという包丁部はどこか似た匂いがした。それでいて、陸上
部とりわけ長距離グループにつきもののストイックさは希薄。やがて包丁部は、大地にとっ
てなくてはならない場所になっていった。
包丁なんて持ったこともなかった大地に野菜の切り方から教えてくれたのは、当時二年生
だった翔平だった。三年生の前部長と副部長は相変わらず我関せず。先輩の手前、手も口も
出さずにいた翔平と颯太も、これでは春の二の舞になると危惧したのだろう。新入りの大地
と三年生の間を上手く取り持ち、五人全員が協力しあって活動する態勢を整えていった。お
かげで大地は、「こんなはずじゃなかった病」にかかることなく今に至っている。
だが、前部長、副部長が卒業したあと、現在の包丁部員は三年生の翔平と颯太、二年生の
大地の三名のみ。新入生を二名以上確保しない限り、部の最低構成数の五名を満たすことが

できず、そのまま廃部となってしまう。その判定会議がおこなわれるのは五月。もたもたしている時間はなかった。

「幽霊でもいいから入ってくれないかなあ……」

「幽霊部員で繋（つな）ぐぐらいならいっそ廃部でいい。俺は今になってやっと、先輩方の気持ちがわかったよ。俺は料理がしたくてこの部にいるんだ。料理の手ほどきならまだ許せるが、新入生の勧誘に取られる時間は惜しい」

「そう言うなよ、翔平。俺たちはそれでよくても大地がかわいそうじゃないか。たとえ幽霊部員前提で入ってきた奴だって、毎回旨い物が食えるとなったらちゃんと活動に参加するさ。たとえ試食係一点張りだってさ」

「大地みたいにか？」

「俺はちゃんとやってます！」

「最近はな。最初はひどかったじゃないか。いつだってできあがる頃に……」

「それは、補習と追試のせいで」

　去年は部活動をおこなう日に限って補習だの追試だのがあって、そのせいで活動に参加するのが遅れたのだと大地は必死に弁解した。悪いのはそんな時間割にした教師連中だとでも言いたそうな口調に、翔平は呆（あき）れ果てる。

「お前が追試に引っかからなければいいだけのことじゃないか」

「……それを言われると……。でも俺、先輩方みたいに奇跡の赤点回避なんて無理です！」

「奇跡って言うな！」

翔平と颯太が同時に声を上げた。学校にいる間は調理実習室でしか顔を合わせないし、部活動中は料理の話かそれ以外の軽い雑談しかしない。大地にしてみれば、大して勉強しているようにも見えないふたりが、そろって追試にも補習にも引っかからないのは奇跡としか言いようがない。

「少なくとも俺は家でちゃんとやってる」

翔平がぶすっと言うと、颯太も頷いた。

「俺も。まあ、あれだ、水面下の水かきって奴だよ。大地も頑張れよ」

「……でも、水鳥の中には水かきがないのもいるそうですよ。俺ってそれなのかも……」

掻いても掻いても進めな～い！　とおどけたように大地は言う。

「減らず口を叩くな！　それより、さっさとそのゴボウをささがきにしろ」

「へーい」

翔平に睨まれた大地は渡されたゴボウを包丁の背でごしごしとこすり始める。去年の春、洗っていないゴボウを見て「なんだこの木の根っこ……」なんて首を傾げたこともあった。

颯太は手が遅いと言うけれど、あの頃に比べれば随分進歩したよな……なんて、ちょっと満足げに笑う大地だった。

「おー、いい匂いがする！」

廊下からそんな声が聞こえてきたのは、包丁部名物の豚汁ができあがった頃だった。大鍋に味噌を溶き終え、煮立ちすぎないように火を弱めた翔平がドアのほうを見たのと同時に、がらっと引き戸が開いた。

「包丁部の実演ってここですか？」

姿を見せたのは身長が一八〇センチぐらいありそうな大男。襟元に『I』という学年章をつけているから、新入生に違いない。颯太が極めて愛想よく迎え入れる。

「ようこそ包丁部へ！」

大地が用意してあったお椀を手渡すと、翔平は仏頂面（ぶっちょうづら）のままできたての豚汁を盛り付けた。どうせこいつも食い逃げだろう、という思いが見え見えで、どうやら同じことを感じ取ったらしい颯太が苦笑いをしながら訊ねる。

「七味は使う？」

「できれば」

大鍋の脇に置いてあった七味唐辛子の小瓶を渡しながら、大地はその新入生を観察した。

彼はかなりたっぷりと七味を振りかけたあと、七味の瓶にきちんと蓋をして返してきた。

一年生とはいえ、部活巡りの時間は少々だらける者も少なくない中、彼は詰め襟のホックを外すこともなくきっちり着こなしている。口に運ぶ箸の使い方もしっかりしているし、どことなく育ちが良さそうな印象を受けた。

こいつはもしかしたらいいとこのぼんぼんなのでは？　と疑い始めたところで、また引き戸が開いた。

「見学に来ましたー！」

元気な声を上げて入ってきたのは、先の生徒より一〇センチぐらい背が低く、どちらかというとちゃんこ鍋が似合いそうな体形の生徒だった。既に食べ始めている先客を見て、彼は嬉しそうな声を上げる。

「あ、もうできてる！」

できた頃を見計らってきたくせに、と小さく呟きながら、翔平はもう一つの椀に豚汁を盛り付ける。大地は椀を受け取るとたっぷりの刻み葱をのせて、彼に差し出した。

ちゃんこ鍋が似合いそうな体形にふさわしい早食いで、彼はすぐに一杯目の豚汁を食べ終わる。その上大食いでもあるらしく、おかわりが欲しそうに寸胴鍋の中身を窺っている。

だが鍋の番人である翔平は、どうせ食い逃げに決まっている連中にこれ以上の施しは不要とでも言いたそうに、渋い顔を崩さない。それどころか、微妙に睨み付けるような目つきまで……

これではたとえ入部する意思を持ってここに来たとしても、逃げられかねない、と大地が心配になるほどだった。

だが先に入ってきたのっぽの生徒は、翔平の険しい目つきなど気にも留めぬ様子で食べ進んでいる。なかなか骨のありそうな一年生だな、と思っていると、食べ終わった彼が口を開いた。

「ごちそうさま。ここって、あえて包丁部っていうぐらいですから、料理部とは違うんですよね？」

「え……？」

「包丁の語源は知ってますよね？」

うちは料理部だよ、包丁部ってのは初代部長が企んだ目くらましだ、なんて言い出せないほどのっぽの生徒の目つきは挑戦的だった。

仮にも包丁部を名乗っているのだ、知らないとは言えない。知ったかぶりは望むところではないが、あとで調べればいいだろう。そう判断した大地は、大きく頷いた。

「もちろんだよ」

「それは楽しみです。もしも実演することがあったら是非告知してください。絶対見に参加しますから」

そして彼はやけに意味深な笑みを浮かべた。

一方、後から来た生徒は依然として物欲しげに、大鍋のほうを窺っている。

「えーっと……おかわり、とかしても……」

「ひとりで何杯も食ったら迷惑だろ。ちょっとはわきまえろよ」

鋭い一言を投げると、背の高いほうの生徒はさっさと調理実習室から出て行く。

「なんだよ、あいつ。偉そうに……」

負け惜しみのような台詞を吐きつつ、それでもちょっと恥ずかしそうな様子を見せながら、もうひとりの新入生も調理実習室を後にした。

彼らを見送った翔平が、珍しく頰を緩める。

「へえ、生意気そうな奴だと思ったけど案外わかってるんだな」

「でも、なんかちょっと気になるな……。翔平、お前、包丁の語源なんて知ってるか？」

颯太ははなから大地など眼中にない質問をする。おそらく、大地が知ったかぶりをしたことまで見抜いてのことだろう。

「語源……？　知らんなあ。おい、大地、お前ちょっとググってみろ」

「了解。えーっと……包丁、包丁……語源なんて出てこないなあ……」

　ぶつぶつ言いながら画面をスクロールしている大地に颯太が注意を促す。

「漢字が違うかもしれない。包丁ってもともとはマダレがついてたはずだから」

「マダレってなんでしたっけ……？」

「大地……お前それでよく高校生になれたな……」

　呆れ果てたような翔平の台詞はいつものことだ。初代部長ほど優秀ではないにしても、三年生ふたり組の成績はそこそこ。特に颯太は雑学に強かった。このふたりですら知らない包丁の語源。ますます気になる……

　そんなことを考えつつ、画面をさらにスクロールすると、「包」の字にマダレがくっついた「庖」を使った「庖丁」に行き当たった。

「あ、ありました。へえ、こんな字を書くんですね……」

「そう言えば、昔の書類とかみんなこの字だったな」

　大地は触ったこともなかったが、颯太は昔の活動報告書を読んだことがあるらしい。創設当時の活動報告書には今の「包丁部」ではなく「刀剣研究部（俗称　庖丁部）」と書かれていたそうだ。

「庖丁の庖の字って確か常用漢字じゃなかったはずだ。だから『包丁』って書いてるんだろう」

「さすが颯太先輩、よく知ってますねぇ……」

語源は知らなかったにしても、庖の字が常用漢字じゃないことを知っていただけでも驚きだった。だが翔平は、さもありなんといわんばかりである。

「颯太は活字中毒だからな。とりあえず字が書いてあるものなら何でも読む。雑学だって自動的に頭に入ってくるだろう」

「なんでそんな非難めいた口調で言われなきゃならないんだよ。別に悪いことじゃないだろ？」

「食材を買いに行って、売り場で片っ端から内容表示を読みあさらなきゃな」

「翔平先輩、それって活字中毒とは違う問題なんじゃ……」

「大地、お前、意外とわかってるな。食の安全が揺らぎまくってるんだから、いろいろ確認するのは当然だよ」

「程度ってものがあるだろう！　たかが胡椒(こしょう)一瓶買うのに小一時間もかけるなんて異常だ！お前がそんなだから先輩連中が呆れて、以後買い出し係は全部俺ってことにされちまったんだぞ！」

「ま、すんだことはいいじゃないか」

「よくないっ！」

大地は言い合っている先輩ふたりを放置して、さっさと検索に戻る。そして、ようやく見つけた「庖丁の語源」を読んで思わず声を上げた。

「うきょっ‼」

あまりにも突拍子のない声に、翔平と颯太の言い合いが瞬時に中止された。

「うきょってなんだよ、うきょって！」

「翔平先輩、庖丁って料理人のことですって」

「中国人っぽい名前だな。それがどうした？」

「名前が残ってるってことは、よっぽどインプレッシブなことやったんだろうなあ……」

「インプレッシブというか無茶というか……。この人、刀一本で牛を解体しちゃったそうですよ」

「へえ……どれどれ、庖は料理場で丁は働く人、二つ合わせて料理人か。なるほど……目の前で素早く牛を解体したことに感銘した王がこのとき使った料理刀を『庖丁』と名付ける、か……。昔の王様って奴は、物でも人でも適当に名前を変えちゃうから困ったもんだよね」

そこじゃない、と思わず大地は突っ込みそうになったが、颯太は「庖丁」の語源の元情報である『荘子』の「養生主篇」まで検索を進めている。

　こりゃだめだ……と、翔平を見ると、こちらはどうやら大地と同じ不安を抱いたらしく、微妙に眉を寄せている。

「あの一年生、なんで包丁の語源になんてこだわったんだろう」

「なんかすごく含みのある言い方でしたよね」

「なんだか知らないけど、ああいうのが入部してきたら引っかき回されそう……」

「颯太！　縁起でもないこと言うな！」

「『縁起でもない』ってそういうときに使わないよ」

　存分に検索して満足したらしい颯太はスマホを大地に返しながら、これまた、そこかよ、と言いたくなるような台詞を吐いた。

「まあ、そんなに心配しなくてもあれはふたりまとめて『食い逃げ』だよ。入部なんてしてこないさ」

「だといいが……」

　大地は、部員数が足りなくて廃部寸前だというのに入部希望者を選り好みしている場合か、と頭を抱えそうになった。だが先輩ふたりは最早諦めムードだ。

　確かに廃部が決まっても三年生には大した影響はない。五月の会議で廃部が決まっても、活動が停止されるのは年度末だからだ。だが、二年生の大地はまたしても部活浪人である。

そもそも高校生にもなって、生徒は必ずいずれかの部に所属すべし、なんてのがおかしい。携帯所持についての校則が緩いのはいいけど、部活動に関してはなんでこんなにタイトなんだ、というのは大地が常日頃から抱いている感想だった。そんな決まり、中学校ですらないところが多い。

しかも、そんな決まりがあり、全校生徒が必ずどこかに名を連ねなければならないというのに、たった五名が集まらない包丁部の不甲斐なさといったらない。せめて兼部が許されていれば名前だけでも借りることができたのに……と思うと、ため息が止まらなくなる大地だった。

そのふたりが去ったあと、何人かの『食い逃げ』が現れた。だが結果として包丁部に入部を決めたものはひとりもいなかった。新入生は四月末まではあちこちの部に体験入部することができる。

その体験入部すらひとりもやってこない。世間では厨房男子が人気急上昇中だというのにどうしたことだ、と首を傾げたくなる。そんな大地に翔平は醒めた様子を見せる。

「厨房男子が人気なのは女の目を気にしてるからじゃないのか？　男子校でそれやってもま

ったく意味ないって、みんなわかってるんだろう」

「厨房男子は一夜にしてならず、って知らないのかな？　みんな死ぬまで男子校にいるわけじゃないのに」

　颯太はぶつくさ呟いているが、大地に言わせれば、そんな先のことまで考えられないのが男子高校生というものだ。翔平にしても、別に厨房男子として女にもてたいから包丁部にいるわけじゃない。

　彼は本当に旨い物が好きで、如何に手軽に旨い物を食うかと考えて自作が一番という結論に辿り着いた。自分の好みの味を自分で作るに越したことはないと信じて小学生の頃から料理を始めたが、さすがに女子ばかりの家庭部に乱入する勇気がなく中学の間はテニス部に在籍していたらしい。

　大して熱心に練習もしなかったせいでテニスの楽しさに目覚めることもなく、高校に入学。包丁部という名の料理部を発見して、喜び勇んで入部したそうだ。その動機に女にもてたいなんて思いは毛ほども紛れていなかった。そのあたり、翔平と颯太の間には微妙な温度差があった。

「それにしても体験入部すらひとりもいないってのはどうしようもないな」

　体験してみようと思う程度の興味すら抱かれない。これはもう危機的状況だった。

「大地、お前そろそろ転部先を検討したほうがいいかもな」

「颯太先輩！　俺を引きずり込んでおいてなんてことを……」

「引きずり込んだはないだろう。あれはウインウインの関係だったはずだよ」

　芸術教科棟の奥、しかも中庭に面した二階で活動する包丁部なら、颯爽と走る陸上部の面々を目にすることもない。未練たっぷりの目で彼らを見ているより、そのほうがずっと気楽だと思った。

　大地のそんな想いが部員不足で常時廃部の危機と闘う包丁部と上手くかみ合い、今がある。ウインウインというのは間違っていなかった。但し、それも部が存続してこその話である。

　陸上部から目を背けて入った包丁部にしても、料理のあれこれを学ぶのは楽しかったし、ためにもなる。放課後の部活動の結果、もれなく空っぽの胃袋を満たせるという特典は捨てがたい。何よりも、やっと見つけた居場所を失いたくなかった。

「先輩！　そんな後ろ向きなこと言ってないで頑張りましょう！　とにかくふたり、なにがなんでも入部させるんです！　そうすれば少なくとも俺は卒業まで安泰……」

　大地の言葉を聞いて、翔平と颯太が気まずそうに顔を見合わせた。

「考えることは同じだね。俺たちもとりあえず今年一年乗り切れば……ってことで探しだしたのがお前だったんだよ。あんなことが二年続けて起こるかねえ……」

「運動部の奴が故障するのを待ち受けるってのも感じ悪いしなあ……」

「だからー！　新入生を入れればいいんですよ！」

なんで他のリタイヤ部員が前提なんだ……と大地はがっくりと首を垂れそうになる。

そんな落ち穂拾いみたいなことが上手くいくはずがない。先輩ふたりには人を集めるノウハウがないのだ。颯太は策士だが、その手腕が発揮できるのはターゲットが絞り込まれてからのことだった。これはもう自分が頑張るしかない。中学の時とはいえ、陸上部で新入生の勧誘経験はある。しかもかなり熱心にやってきたのだ。

陸上部はサッカーや野球といった球技に比べて、地味だと思われがちだ。練習にしてもグラウンドを黙々と走り続けるのだからそう思われても仕方がない。けれど大地はそんな先入観をもっている生徒たちを何人も陸上部に誘い込んだ。その経験を生かせば、やれないはずはない。頑張れ俺！　だった。

「新入生と言っても、もうそろそろ五月になるし、たいていの奴は目星をつけた頃じゃない？」

「まだ確定じゃないでしょ、とにかくまずひとりゲットするんです！　あとはそいつの伝手でなんとか……」

「その作戦は毎年失敗してる」

「え？」

一年生をひとり入部させる。その友達を誘って部員を増やす。部員勧誘における常套手段である。

だが包丁部の場合、勧誘させようとする前に一年生があっさり辞めてしまう。ミイラ取りがミイラになるならまだしも、ミイラを探しに外に出すことすらできない状況なのだ。

「やっぱり部の魅力が薄いんだろうなあ……」

颯太は途方に暮れたように言うし、翔平の興味はもはや本日の課題である焼き豚チャーハンに移っている。部の存続の話をするときと、チャーハンに入れる葱をみじん切りにしているときの目つきの差を見るにつけ、彼にとって大事なのは料理の出来だけなのだと再確認させられる。

「翔平先輩も颯太先輩ももうちょっと真剣に取り組んでくださいよ！　包丁部の歴史に終止符を打った人間になってもいいんですか？」

「あ、そういう名の残り方もかっこいいかも……」

「颯太先輩!!」

大地の嘆きをよそに、翔平は熱くしたフライパンにさあーっと溶き卵を流し入れる。すかさずご飯を入れ、軽く混ぜ合わせたあと刻んだ焼き豚と葱も投入。何種類かの調味料で味をつけ、あっという間に見事なチャーハンができあがった。

「よっしゃ、完成。とりあえず、食うぞ！」

「やったー！」

翔平がフライパンの中のチャーハンを三つに盛り分け、隣には颯太が作った中華スープを入れたカップが置かれる。そうなると口は当然食べることに使われ、部員勧誘の話は先送り……

危機感皆無の試食風景は入学式以来、数え切れないほど重ねられていた。

「旨いなあ……。翔平先輩のチャーハン、そこらの半端な中華屋よりずっと上ですよ」

「まったくね。同じように作ってるつもりなのに、俺らがやるとこんなにぱらぱらにはならない」

大仰にフライパンを振り回すわけでもないし、学校の調理実習室のコンロなのだから火力がものすごく強いわけでもない。それなのに翔平が作ると、まるで何とかの鉄人が作ったようにぱらりと乾いたチャーハンができあがる。味付けにしても塩と醤油を利かせ、男子高校生向きに仕上げている。そのできたて熱々を食べるのだから旨くないわけがなかった。

「まあそれもお前の作った焼き豚があってこそだ。良い出来だぞ、この焼き豚」

翔平はあからさまに称賛されて、少し照れくさそうな顔をしながらも大地を褒めてくれる。

　とはいえこの焼き豚の作り方も翔平が教えてくれたものだし、そもそも豚肉のかたまりを茹でて醤油につけ込むだけという至って簡単なものだ。正確に言えば焼き豚ではなく、煮豚とすら呼べないような代物。誰が作っても同じだ、としか思えなかった。

　だが、颯太はそんな大地の考えを見透かすように言う。

「焼き豚なんて誰が作っても同じ、って思ってるんだろ？　でも肉の大きさとか茹で加減とかやっぱりいろいろあるんだよ。俺もこの焼き豚は上手くできてると思うよ」

　茹ですぎで固くなることもなく、漬かりすぎで塩辛くなったりもしていない。脂の入り具合も絶妙で、炒めたせいで柔らかく蕩けてる……と颯太は絶賛した。

「ども……」

　大地はちょっと赤くなりながら答える。ここ一年近く、包丁部の活動はこんな風に至って長閑に円満に続いてきていた。部の存続問題さえなければなんの支障もない。このままずっと三人で活動できればいいのに……と思った瞬間、その考えが口をついた。

「ずっとこのまま三人でやっていければいいのに……」

　とたんに三年生ふたりがぎょっとしたような顔になる。

「それって俺たちに留年しろって言ってるの？」

「縁起でもない！」

あ、その縁起でもない、は正しい使い方かも……と心の中で突っ込みながら、大地はすみませんと小さく謝った。部活動存続のために留年なんてとんでもないことだし、そもそものふたりが留年して部に残ったところで新入部員が入らなければ部員は三名のみで廃部なのだ。

不安としか言いようがない包丁部の未来を思うと、スプーンを口に運ぶスピードが知らず知らずのうちに落ちてしまう。スプーンを宙に浮かせたまま、考え込んでいる大地に目をやり、翔平と颯太が顔を見合わせた。

「とにかく四月中になんとかひとりだけでもゲットしよう。まずはそこからだ！」

颯太が珍しく強い口調で宣言し、翔平は、俺たちも本気出すからな、と大地の肩を叩く。

いつもよりはやる気が見られるものの、これといった策があるわけではない。

やっぱり、俺が頑張るしかないよなあ……

小さなため息をつくと、大地は残りのチャーハンを片付け始めた。

第二話

マザコン男と野菜炒め

「それならお前、包丁部にでも入れば？」

「だよなあ……それが一番手っ取り早そう。でもあそこ、あとふたり入らなかったらやばいって噂だし、入った途端廃部になるのもなあ……」

「まだ誰も入ってないって聞いたな」

「あ、そうだ、お前一緒に入らない？」

「やだよ。俺は自分で作るより可愛い女の子に作ってもらうほうがいい」

「余裕ある奴はいいよなあ……」


大地がそんな会話を聞いたのは、四月第三週の木曜日、男子トイレの中でのことだった。男子校なんだから男子トイレに決まっているだろう、という突っ込みはなしだ。男子校にだって来客や女性職員のために女子トイレぐらいはある。

それはさておき、その厚い雲間から射す光のようなやりとりを聞いた大地は、思わずガッツポーズを決めそうになった。即座にその生徒を捕まえ、入部届に記名させたいほどだった。用紙ならポケットに入っている。大地だけではなく翔平も颯太も、機会があるごとに部員勧誘に努めていたし、隙あらば名前を書かせようと頑張っている。どんな勘違いでも、気の迷いでも、書かせたもの勝ちだというのは三人の共通認識となっていた。

けれどこの千載一遇のチャンスを大地は生かすことができなかった。なぜならそのとき大地はトイレの個室に入っていたからだ。しかも、うっかり選んだ個室はトイレットペーパー枯渇状態。またしても「うきょっ！」という意味不明な声を上げ、悪友のひとりにメールを打って救援を待っているところだった。携帯電話の普及に今ほど感謝したことはないが、それでも友人が駆けつけてくれるまでに数分はかかる。その間に「獲物」はトイレを去るに違いない。

なんだってちゃんと確認して入らなかったんだ！　トイレットペーパーさえ切れていなければ、大昔の刑事ドラマみたいに『話は聞いたぜ！』なんてかっこよく登場できたのに！　トイレの個室から登場っていうのは減点対象かもしれないけど、それでも新人ひとりゲットできるなら上等。でも、トイレの中から声だけかけるって情けなさすぎる。先輩がこんな間抜けだってわかったら、せっかくの入部希望者が逃げてしまう！

大地が文字通り雪隠詰めになっている間に、用を済ませた生徒たちはがやがやとトイレから出ていった。救いの天使である友人がやってきて、爆笑とともに個室のドア越しにトイレットペーパーを投げてくれたあと、大急ぎで廊下に出てみたが彼らの姿は影も形もなかった。

「だから言っただろう！　ポケットには入部届だけじゃなくティッシュも入れておけ！」

翔平がこれ以上はないというしかめっ面で説教してくる。大地が駅前のティッシュ配りのアルバイトたちを面倒くさそうにスルーするたびに、翔平は文句を言った。

『配ってるほうだって大変なんだぞ。あれでも買えばいくらかはするし、邪魔になるほどのもんじゃない。そんな顔せずに受け取ってやれ』

だが大地にしてみれば、うっかり受け取ってポケットに入れっぱなし、そのまま洗濯機に突っ込んだときの惨状が嫌だった。たいていの場合は母親のチェックで未然に防がれるが、その場合にしてもひとしきり、いや二しきり半ぐらい文句を言われる。そんな危険物、最初から受け取らないに越したことはない。

けれど、千載一遇のチャンスを逃すぐらいならやっぱり受け取っておくべきだった。今度から、周囲にいるアルバイトたちの総攻撃を食らってティッシュまみれになろうとも、絶対に受け取るぞ！

　大地がそんな決意を固めている間も、翔平はぶつぶつ言い続けていたが、颯太は幾分寛容だった。

「でもまあ、少なくともひとりはうちの部を検討してる奴がいるってわかっただけでも救いだよ」

　だが大地は、よくぞそのタイミングで個室に籠もってた、偉いぞ大地、なんて褒められても悔しいばかりだ。相手が誰だかわからなければ、ただの逃げた魚に過ぎないのだ。

「せめてクラスだけでもわかればなあ……」

「じゃあなんとかそれ、割り出してみようよ」

　依然として悔しさ満載で呟く大地に、颯太が聞き込みを開始した。どことなく嬉しそうに見えるのは、彼が刑事小説を愛好しているせいだろう。

「まずはトイレの場所、それから時間」

「トイレは二号棟一階の東側です。時間は昼休み」

「また昼休みか！　おまえの『食ったら出す』体質は何とかならないのか！」

「健康の証です！」

「はいはい、翔平、脱線させない！　なるほど二号棟東……で、昼休みって具体的には何時頃？」

「時間までは……」

「わかるよね？　友達にメール打ったって言ってたじゃない」

「あ、そうか！」

　大地は慌ててスマホを取り出して送信履歴を確認した。

「十二時五十三分です」

「ほとんど終わりかけだね……じゃあちょっとは望みがあるかも」

　怪訝（けげん）な顔になった大地をよそに、颯太はごそごそと自分の鞄（かばん）から一冊のファイルを取り出した。

「えーっと、今日は木曜日だから……」

　ぱらぱらと紙をめくっていた颯太が、手を止めたのは一枚の時間割表のところだった。翔平が呆れた口調で言う。

「お前、今年もそれ作ったのか」

「当然だよ。体育館と特別教室の使用状況は把握しておかないと」

　大地が覗き込んでみると、それは体育館の使用状況だった。

翔平の話によると、颯太は友人や先輩、後輩、果ては教師まであらゆる伝手を使って、何曜日の何時間目にどのクラスが体育館を使用するかという時間割を作っているらしい。最初は調理実習室の使用状況だけだったらしいが、すぐに体育館や図書館や理科室などの特別教室全てについても調べ上げた。

「なんのために？」

「これがあれば調理実習室が空いてる時間に潜り込んで、下準備とかできるじゃない。それに体育館が空いてるかどうかは、自習時間の明暗を分けるんだ」

自習は自分で勉強することだ。代理教員をまるめこんで、体育館でバスケやバレーをすることじゃない！

大地は思わずそう叫びそうになった。だが、言ったところで颯太はどこ吹く風だろう。

「職員室に訊きに行けばいいじゃないですか！」

「いちいち面倒くさいよ。それにもたもたしてたら他のクラスに取られちゃう」

「そんなに同時に何クラスも自習になったりしないでしょ！」

「わからないだろ、そんなこと。とにかく先手必勝、時間は有意義に使わないと」

「他の人たちが自習してるときは、先輩もちゃんとやったほうがいいですよ。追試常連組の俺が言うのもなんですけど……」

颯太も翔平も三年生。末那高の大学進学率は九割を超えているのだから、このふたりだって受験はするのだろう。だとしたら颯太の、隙あらば遊んでやろう、という姿勢は問題としか思えない……

颯太の学習状況を思って不安の色を浮かべた大地に、翔平はちょっと笑って言った。

「心配いらない。颯太は時間割表を作ること自体を楽しんでるだけ。実際にそれを使ってどうこうってことはないし、口ではあんなことを言っていても、自習時間があったらこいつは黙々と問題を解いてる」

元生徒会長の真面目さは霧散しきったわけではないらしい。安心する一方で、実際に使わないなら余計にいらないという気がした。

大地には変わった趣味だとしか思えなかったが、日頃からデータ管理にこだわりがちな颯太らしいといわれればそのとおりかもしれない。

「いいじゃないか。現にこうやって役に立ったんだし」

颯太は得意げに、木曜日の午後一番で体育館を使用したのは一年四組だと言う。

「その時間に二号棟一階の東トイレを使う一年生は、渡り廊下を通って体育館に行く連中がほとんどだし、大地と遭遇した奴らもそうだろ」

確かに二号棟は三年生の教室しかなく、しかもそれは二階から上だ。一階廊下は人通りも少なく、東側のトイレはいつも空いている。そこに、大地が自分の教室がある一号棟ではなく二号棟に遠征していた理由があった。

そういえば、昼休みに東側のトイレを使うのは、大半が体育館に向かう生徒たちだ。だとしたら午後一番で体育があるクラスという颯太の推理は当たっているのだろう。

「じゃあ一年四組に行けばいいんだな」

翔平は、よし、任せとけ、と腰を上げかける。だが大地は、ちょっと待ってください、と止めた。

「一年四組にはもう何度も行ってますよ。今まで何の反応もなかったんですけど……」

「案外シャイな奴なんじゃない？　上級生に自分から声をかけられなかったとか？」

「じゃなくても、みんなの前で廃部寸前の部活に入ります宣言は辛いよな」

「だったら今から行っても同じことなんじゃないですか？」

「……そうかも」

一番いいのは個人を特定して狙い撃ちに決まっている。でも、そこまで絞り込むにはあまりにも情報が足りなかった。

「大地、そいつの声とか覚えてる？　もう一回聞いたらわかりそう？」

「いやあ……男の声なんてどれも似たようなもんですから……」

「だよな。一回聞いただけでぱしっと覚えて特定できる奴なんて珍しい。それにそんな特技があったらもうちょっとカラオケとかも……」

「どうせ俺は音痴ですよ！」

「いや、大地は音痴じゃないよ。せいぜい半音痴ぐらいで」

「颯太先輩、フォローになってません！」

「そう？　これでも精一杯なんだけど」

「とにかく、もうちょっとなんか覚えてないのか？　推理ドラマでよくあるじゃないか。そう言えば、あのとき……ってあとから重要なこと持ち出すやつ」

そんなの作り話だからに決まってる。俺はなんとなく奴らの会話を聞いてたわけじゃない。何が何でもゲットしたくて、雪隠詰めとはいえ、全身を耳にして聞いてたんだ。一言だって聞き漏らしちゃいない。

「あいつらの会話は今言ったので全部です。少なくとも俺が聞いたのは、ですけど……」

「少なくとも？」

微妙に濁した言葉尻を捉え、翔平が訝しげに大地を見つめた。

「俺の友達がすれ違った可能性はあります」

「雪隠詰めの救世主か。だがその一年生、体育館に向かったんじゃないのか？　お前たちの教室とは反対方向だろう」

「俺の友達連中は、昼休みに体育館でバスケとかやってることが多いんです。もしかしたらあのときも体育館から来たのかも」

一号棟三階にある大地たちの教室から来たにしては、到着が早かったような気がしたのだ。それでもくだんの一年生が出ていくのには間に合わなかったけれど……

「なるほど、それならタイミングによってはどこかですれ違ったかもしれないね」

颯太の同意に力を得て、大地は早速トイレの救世主、真柴光（ましばひかる）に電話をかけた。

彼は大地の友人の中で一番レスポンスが速い。だからこそ大地のエマージェンシーコールの相手に選ばれたわけだが、今回の電話にもワンコールで出てくれた。さらに、文芸部に所属し、小説を書いている彼は非常に観察眼が鋭く記憶力も高いのだ。

「ああ、光？　今日はサンキューな。で、あんときのことだけどさ……」

しばらくやりとりし、大地は満足にいささかの不安が交じったため息をついて電話を切った。

『まあ、とりあえず、お前の母ちゃんの料理が壊滅的だってわかっただけでも進歩なんじゃねえの？』

『うん。あんまり旨いからてっきりレトルトだと思ったんだけど、そう言ったら部員に睨まれた。顔を覚えられただろうし、今さら包丁部に入れてくださいって行くのも気が引けるんだ』

大地は、光から伝えられた彼らの会話を披露し、翔平と颯太の反応を窺う。

「なるほど。ということは少なくともうちの豚汁は食ったわけだ」

「でもって、旨いからレトルトだと思った……。確かにいたね、そんなふざけたこと言ってた奴」

「俺も覚えてます。なんだかやけに線が細そうな……」

「あいつならもう一回見ればわかるよ。あんまりひどい発言だったからまじまじと顔を見たもん」

「それを本人は『睨まれた』と解釈したわけだ」

「でしょうね。颯太先輩はともかく、俺は意図的に睨みましたから。そういえばあいつ、クラス章が『4』でした」

「たぶんビンゴだ。それなら颯太や大地が何度教室に行っても『入部したいです』なんて言い出せないだろう」

「あいつも俺たちの顔は覚えてるはずだしね」

「じゃあ俺が行ってみよう……って、よく考えたらもう教室にはいないな。明日にするか」

そのあと颯太と大地は、職員室前の掲示板に貼られた新入生のクラス写真から例のレトルト野郎を見つけ出した。翔平は彼の顔をしっかり記憶し、翌日の新入部員ゲット作戦に備えた。

＊

「ターゲットは本日放課後体験入部予定」

三限目が始まる直前、翔平からそんなメールが届いた。

二限と三限の間には通常より五分長い十五分の休み時間があり、業間休みと呼ばれている。

颯太の特別教室時間割表から、一年四組はその日の二限と三限に教室移動がないと知った翔平は、業間休みに狙いを定め例のレトルト野郎、水野優也（みずのゆうや）を説得した。その結果、彼はとにかく体験入部してみることにしたらしい。

いきなり教室にやってきた見知らぬ三年生に呼ばれ、彼はさぞや仰天したことだろう。それでも、わざわざ放課後に説明を聞きに来るというのだから脈はある。

筋骨隆々、しかも強面の翔平に恐れをなして断れなかったという側面は否めないが、それでも来ることに違いはない。

その時点で大地は、何が何でも入部届を書かせる、書くまでは帰さない！　と決意していた。

「もう入部ってことでいいな？」

翔平があいかわらず苦虫を半分ぐらい噛みかけたような顔で訊いた。水野優也は『はい』とも『いいえ』とも言えず、気をつけの姿勢のまま固まっている。

「翔平先輩、そんなに怖い顔しないでくださいよ。水野君、びびってるじゃないですか。とりあえず今日やってみて、面白いと思えたらまた来る、ってことでいいんじゃないですか？」

最初から網を振り回しては誘い込めない。過去の経験から新入部員勧誘は『気が付いたら網の中』作戦が有効だとわかっている大地は、強面を崩さない翔平に取りなすように話しかける。敏感に大地の意図を察した颯太が加勢する。

「そうだね。無理強いは良くないし、やってみなければ合うかどうかわからないし」

「……そうか？」

また翔平にまじまじと顔を見られ、優也はびくっとしながらも今度は首を縦に振った。

「ま、それならそれでいい。じゃあ、今日の活動を開始するか」

「……の前に、自己紹介ぐらいしませんか？」

「あ、それは大事だね。じゃあ俺から……」

颯太の次は隣にいた大地、そして翔平が簡単に自己紹介をすませた。硬くなって学年とクラスと名前という最低限の自己紹介しかしなかった優也に、颯太が質問を始めた。

「一年四組の水野優也くんね。中学時代の部活はなにをやってたの？」

「帰宅部でした……。俺、本が好きだったから本を読む時間がもったいなくて」

「へえ、俺も本は好きだから気が合うかもね」

颯太にいかにも人当たりの良さそうな顔で微笑(ほほえ)まれ、少し気が楽になったのか、優也は自分の好きな作家とか作品についてひとしきり話をした。

「ふうん……じゃあ、料理がでてくるような作品はあんまり読んでないんだね」

颯太は当てが外れたような顔をした。包丁部に興味を抱くぐらいだから読書傾向も料理や食い物関係のものが含まれているのではないかと思っていたらしい。

「どっちかっていうとハードボイルドや政治物が好きです」

「みたいだね。じゃあ実践派なのかな？　普段から料理はするの？」

「ええっと……少しぐらいは……」

そう言いかけて周りを見回した優也は、翔平の真っ直ぐな視線に出会い慌てて訂正する。

「すみません！　嘘です。本当は全然です！」

学校の調理実習以外、料理なんてしたことがないのだ、と実に素直な暴露がなされた。

大地の頭に、そんな奴がなぜ包丁部に……という疑問が浮かぶ。もしかしたら、あのレトルト云々の会話に関係しているのだろうか……

疑問符を飛ばしまくっている三人の真ん中で、優也は腹をくくったように話し始めた。

「俺の母親はすごくまめな人なんです。俺が生まれてからずっと専業主婦で、料理も掃除も洗濯も一生懸命やってくれて……。だから俺、なんにもできないまま大きくなっちゃって」

大地は思わず颯太の様子を窺ってしまった。なぜなら彼の家は母子家庭、できたてに近い母子家庭なのである。

母子家庭になってから働き始めた母が就いた仕事は、忙しくて帰りが遅い。慣れない仕事で疲れて帰った母に食事の支度をさせるのは気の毒だし、母はたったふたりの家族なのだから食事ぐらいは一緒に摂りたいと言う。自分が作っておけば母の帰宅後すぐに食べられるし、母が作るのを空腹を抱えて待つよりずっといい。とはいえ、それまで家事、特に料理は母に任せきりだった颯太にとって、毎日の食事の支度は困難を極めた。なんとか技量を、しかも早急に上げる必要がある。包丁部に入れば料理を覚えられるし、他の部ほど帰宅が遅くなることもない。

かなり強引に翔平に誘われたとはいえ、颯太が高校入学と同時に包丁部に入部したのは、そうした事情によるものだった。

自分が失った境遇をそのまま維持している優也に何の不満があろうか……と、颯太は思っているに違いない。普段なら何か一言は挟むはずの颯太が、無言でいるのがその証のように思えた。やむなく大地は、沈黙を守る颯太の代わりに質問を始めた。

「それは、幸せなことだね。で、少しは自立しなきゃ、とでも思ったの？」

「それもありますけど……部活説明会の時に食べた豚汁があまりにも旨すぎて」

意味がわからん、という翔平の呟きが聞こえた。もっとわかるように説明しろ！　と吠えそうになっている翔平を押しとどめて大地は言った。

「あの豚汁、この部長が作ったんだよ」

「それは知ってます」

「え？」

豚汁を作ったのが包丁部であることは盛大にアナウンスしたのだから、知っていて当然だ。

だが翔平が作ったということまでは言わなかったはずだ。優也はなぜ知っているのだろう。

「実は俺……あの実演があった日、調理実習室まで行ったんです」

「嘘つくな。あの日はできあがった頃にのこのこやってくる『食い逃げ』ばっかりだったぞ」

翔平がぶすっとした顔で指摘した。颯太も大きく頷いた。あの包丁の語源に言及した生徒とその他一名のあと、豚汁ができあがったのを聞きつけたらしい一年生が何人もやってきた。でもその中に優也はいなかった。颯太も大地も優也の顔は覚えていたのだから、気が付かないはずがなかった。

だが、優也は珍しくきっぱりと反論した。

「中に入らなかっただけです。絶対に顔を覚えられてると思ったし、友達に言われてレトルト扱いしたことがどれだけひどいことかよくわかったし、さすがに顔は出せませんでした。でもやっぱり気になって廊下からこっそり様子を窺ってたんです」

声が聞こえていたのは三人。うちふたりは体育館に続く通路で呼び込みをやっていた人と盛大に褒め称えていた人だろう。指示を出している人間の声には聞き覚えがなかった。おそらくこれが部長の日向という人で、豚汁を作ったのもこの人だと見当をつけたらしい。

「呆れた……そんなの気にせず入ってこいよ。入部してくれる気がちょっとでもあるなら大歓迎だったのに」

　大地の言葉に、しばらく沈黙していた颯太も口を開いた。

「っていうかさ、作ってる途中で来てくれてたら、それだけで翔平は大喜び。レトルト発言なんて不問に付しまくり、だったよ」

　さらに、あのときに入部してくれていれば悩みの種は半分ぐらいは減っていた。でも、とにかく今は、優也が今まで他の部に入部せずにいてくれたことに感謝するだけだった。

「他の部にも誘われたんですけど、やっぱり俺、料理ができるようになりたくて……」

「うん、うちに入ればそれは大丈夫。俺も、こっちの颯太先輩も翔平先輩にいろいろ教えてもらって、結構上手くなってきてるんだ」

　最初は全然できなかったんだけどね、と大地は優也を安心させるように言った。颯太も同意する。

「こいつ、顔はこんなだし無愛想だけど、料理はピカイチなんだ。怖がらずに付き合ってみると良い奴だよ」

「顔はこんなって言うな！」

　すかさず文句を言った翔平に、ごめんごめん、と謝りながら颯太は優也に訊ねる。

「でもさ、君の場合お母さんが家にいるんだから、お母さんに教わればいいんじゃない？」

当然の疑問だと大地も思う。こう言ってはなんだが、料理が無茶苦茶好きとか、陸上部をリタイヤしてやむを得ず、あるいは母親が忙しくて速やかに料理の腕を上げなければならないといった事情でもない限り、部活でわざわざ料理を学ぶ必要はないような気がする。そこに包丁部が永続的に存続の危機に陥っている理由があった。

「でも、あの豚汁、母さんのよりずっとずっと旨かったんです！」

『ずっと』じゃなくて『ずっとずっと』なのか……と大地は驚く。

確かに翔平が作った豚汁は旨かったが、そこまでじゃない。颯太が大げさに褒めあげたのは、あくまでもサクラだったからだ。

定食屋で温めっぱなしになっているのよりは旨いが、とんかつ屋でしっかり作られたものよりは劣る。そんなレベルだったと思う。それが、優也の母親が作るより『ずっとずっと』旨いとしたら、普段食べているのは相当……

そこまで考えたとき、大地は優也が包丁部に興味を抱いた理由がわかったような気がした。

「もしかして、君のお母さんって料理があんまり……」

「そうなんです……しかも、俺、あの豚汁食って初めてそれに気付いたんです」

「なんでだ！　よそで飯を食ったことがなかったのか⁉」

翔平が思わず大声を出した。いくらなんでも今まで一度も家の外で食事をしたことがないはずがない。一切外食をしない家庭だったとしても、給食……いや、給食は当たり外れが大きいから除外するにしても、宿泊を伴う学校行事等々、外で食事をする機会はあったはずだ。それなのに、今の今まで気が付かないなんておかしすぎる。

翔平は怒濤の勢いで異議を唱えた。

「……いや、あの……」

優也は翔平の語気の荒さに後ずさりしそうになっている。

「落ち着け翔平。水野君に話をさせてやれよ」

颯太は翔平を宥め、優也に続きを促した。

「気が付かなかったっていうか……別物だと思ってたんです。外で食べる食事はプロが作ってるんだから旨いのが当たり前で、家の食事はみんなうちと似たり寄ったりなんだろうって……」

「あ、それでレトルト発言が出てきたのか……」

どこのレトルトですか、というのは優也にしてみれば最大の褒め言葉だったのだ。素人が作ったにしては旨すぎる、と……

「実はあのあと、何人か、友達の弁当をもらって食ってみたんです。どれもうちよりずっと旨くて……しかも、交換して食べてもらったのは……」

「みんなして微妙な顔をした……？」

「そのとおりです」

なんてことだ……と翔平が天井を仰いだ。生まれてからずっと食べ慣れてきた味。それが当たり前のレベルだと思っていたのに、よそのうちではもっと旨いものを食べていると知ってしまった。

しかも母親は手抜きしているわけでも何でもなく、一生懸命に作っているのに……

「こう言ったら失礼だけど、もしかしたら君のお母さんは味音痴なんじゃないかな」

「そうだと思います。たまに外食しても、親父は『すごく旨い！』って言うんですけど、母はなんか感激が薄いっていうのか『そう？』としか……」

あれは旨いものと不味いものの区別がついていない。そうとしか思えないのだ、と優也は嘆いた。

「このままいったらまずいと思うんですよ」

「なんで？　飢えるわけじゃないならいいだろう」

これまでずっと食べてきた、『慣れた』味なのだ。そんなものだろうと思えば、これからだって大丈夫だろうと大地は思う。だが優也はそういう問題じゃないのだと言う。

「うちには妹がいるんです。俺より三つ下なんですけど、こいつがどうも母親と同じみたいな感じで、しかも食い物に対する興味もあんまりなさそうなんです」

「味音痴の再生産はまずい、ってこと？」

よく考えたら祖母の料理も母と似たようなものだった。だからこそ家庭料理は皆こんなようなものだと思っていたのだ。このままいけば、妹の料理も同じことになる。それは兄として忍びない、と優也は言う。

「お前……もしかして妹ラブ？」

今時流行の……と、ちょっと薄気味悪そうに翔平が訊いた。だが幸いなことに優也はあっさり否定した。

「違いますよ。むしろ妹との関係は良くないほうです。だからこそ将来運良く結婚できたとして、料理下手が原因で出戻られたら困るんです。鬱陶しいったらありゃしない」

まだ中学生の妹の将来をそこまで心配するのなら、やっぱり妹ラブ系なんじゃないのか、と思う。

だが次に続いた優也の発言は、さらなる疑惑を呼んだ。

「そんなことで出戻られたら、母さんがどんなに嘆くか……あんなに一生懸命やってくれてるのに」

あちゃあ……妹ラブ疑惑の上にマザコン疑惑かよ！

男はみんなマザコンだという説は聞いたことがある。大地は眉唾だと思っているが、もしもその説が本当だったとしても、普通の男なら隠そうとする。それなのに、こいつのあけっぴろげさはどうしたことだ……。

料理を嗜む男性は女性的だと思われがちだ。偏見としか言いようがないが、末那高包丁部はそういった偏見を跳ね返すべく、料理ができる『漢前』を目指してきた。翔平は筋骨隆々、見るからに男そのものだし、大地も外見に女性的なところはないから問題ないが、颯太は柳腰のスレンダー。外見が中性的だという自覚があるせいか、男性的な理論展開で印象を覆そうと努力している。

線が細くて女性的な外見をしている優也が、中身までシスコン、マザコンではちょっと困るのだ。

とはいえ、今はえり好みしている場合ではない。彼に関する疑惑は一時棚上げするしかない、と判断して、大地は話を進めた。

「つまり君は、自分が料理の腕を上げて家で旨いものを食いたいと同時に、妹さんの味覚音痴を何とか修正したいってわけか」

「頑張って作ってくれるお母さんに不味いとは言えないから、代わりに自分が作って妹にも食べさせようって?」

颯太の問いかけに優也がこくんと頷いた。それを見た翔平、颯太、そして大地がガッツポーズを決める。

「君のニーズと俺たちのニーズは完全一致だ！　ようこそ包丁部へ！」

「で、でも……俺、ちゃんとやれるかどうか……」

そもそも俺自身が既に味音痴かも……と優也は少し悲しそうな顔になった。

その優也の肩をばん！　と叩いて翔平が断言した。

「大丈夫だ。俺が作った豚汁が旨いと思えたんなら味覚は狂ってない。プロの板前になるなら『神の味覚』も必要だろうが、普通の家庭料理はそこまでじゃない。最初はしっかり計量して、これだけ入れればこういう味になる、って覚えることから始めればいい。慣れたら目分量でもできるようになるさ」

「志あらば道は開かれん、だよ。一緒に頑張ろう」

料理をちゃんと作ってくれるお母さんって羨ましいと思ったけど、考えようによっては俺のほうがマシな境遇なのかもなあ……少なくとも、うちの母さん、時間がないだけで料理は上手いもん。

優也の肩を励ますようにパンと叩いたあと、颯太が大地の耳元にこっそりそんなことを囁いてきた。

「よし、じゃあ始めるか！」

一生懸命なのに味音痴で料理下手な母親、それを正しく継承して将来出戻りかねない妹。そんな家族を心配する優也の気持ちに打たれたのか、翔平の態度は一気に軟化した。もしかしたら、レトルト発言が優也にとって最大の褒め言葉だったと実感できたせいもあるのかもしれない。

ともあれ翔平は、まだ少しおどおどしている優也に、なにか作ってみたいものあるか？とまで訊ねている。今まではその日のメニューは翔平がほとんど独断で決めていたにもかかわらず、である。よほど優也が気に入ったのだろう。

「なにかって言われても、俺、全然わかりません」

料理の手間なんてわからない。だから、どんな料理なら自分に作れるのかすらわからないのだ、と優也は言う。さもありなん、と翔平が頷いた。

「おお、そうか、そうだろうな。じゃあ、まずは初歩から……」

「翔平先輩、それはやめましょう！」

大地はぎょっとして口を挟んだ。颯太も、勘弁してくれーと声を上げる。

なぜなら翔平が『初歩から』といった場合、炊飯から始めるからだ。米の研ぎ方のレクチャーから始まって、鍋による炊飯に至る。

　全ての基本は飯だ！　と豪語する翔平の意見は間違ってはいないかもしれないけれど、日常的に鍋で炊飯する家庭は少数派だろうし、いくら優也の母親が味音痴でも炊飯器でご飯を炊くことぐらいできるはずだ。日本の炊飯器は優秀だから、味音痴が炊いてもちゃんと美味しくできあがる。

　少ない活動時間、しかも優也にとって初めての『包丁部体験』を飯炊きで潰すのは忍びなかった。

「翔平、飯は大事だけど、うちは包丁部。やっぱり包丁を使ったほうがいいと思うよ」

　大地は、颯太先輩、ナイスです！　と心の中で拍手をする。さすがは颯太、長年の付き合いである翔平の扱いをよく知っていた。

「そうか……そうだな。じゃあまあ飯は、またそのうちということにするか」

　かくしてその日のメニューは男の料理の基本、野菜炒めに決定した。

「うおっ！　水野君！　包丁を使うときはネコの手にするんだよ！」

　颯太の声で何事かとそちらを見ると、優也がニンジンを切ろうとしていた。

　ニンジンの端ぎりぎりのところに伸ばしたままの指を添えて、包丁を使おうとしている。

下手をしたら指先を包丁で削りかねない状態になっていた。ニンジンぐらい切れるだろう、と考えていた先輩部員たちは、自分たちの考えの甘さを思い知らされることになった。

ネコ？　と優也は首を傾げる。左手にニンジン、右手に包丁を持って、しばし考えた挙げ句、ニンジンを持ったままの手を左耳の横で軽く曲げた。

「こうですか？」

「そういう意味じゃない！」

ネコはネコでもそれは招きネコだろう！　と颯太が笑いこけている。翔平は唖然としているし、大地はこれから先の長い道のりを思って途方に暮れそうになった。

「水野君、小学校のとき家庭科で習わなかった？　指先を切らないように、こうやって曲げるんだよ」

優也が持っていたニンジンを取り上げてまな板に置くと、大地は指を曲げてニンジンを押さえ、素早くスライスした。二枚、三枚、四枚……リズミカルな音と共にニンジンがスライスされていく。

「すごい……」

優也の眼差しが尊敬を含んだものに変わり、大地はちょっと鼻の穴を膨らませた。

「ま、こんな感じかな」

「わかりました！　やってみます！」

「真似するのは形だけにしておけよ。スピードまで同じにしたら怪我をするぞ」

はい……と小さく頷いて、優也はすと……ん、すと……ん、というぐらいのペースでニンジンを切った。言うなれば、スローバットステディ、だが最初はそれで十分だった。

「き、切れました……でもすごく時間がかかっちゃいました……」

ニンジンを半本切るのに、五分ぐらいかかっただろうか。これじゃ話になりませんよね、と項垂（うなだ）れる優也を翔平が慰める。

「最初なんだからこんなものだろう」

「でも……大地先輩は……」

「大地だって去年入ってきたときはそれぐらいだった」

「しかも大地は、調子に乗ってスピードを出そうとして……」

「あ、颯太先輩、それは……」

「流血の惨事」

言わないで！　という言葉より先に、颯太は大地の失敗を暴露してしまった。これでは先輩の面目丸つぶれじゃないか、とふくれっ面をする大地を笑いながら翔平が言う。

「慣れればいくらでも速くなる。スピードにこだわって怪我をするなんて愚（ぐ）の骨頂（こっちょう）だ」

「どうせ俺はキングオブ『愚』ですよ！」

「自覚があるだけマシじゃないの？」

　大地の失敗談を聞いて気が楽になったのか、優也は入りまくっていた肩の力を抜いて、残りのニンジンを無事に切り終えた。他の食材の下拵え（したごしら）を終えて待ち構えていた翔平が、腕まくりでコンロに火をつけた。

「よーし！　じゃあ炒めるか！」

　そのかけ声と共に翔平の脇に調味料がずらりと並べられる。塩、胡椒は言うまでもなく、中華スープの素、ソース、醤油、焼き肉のタレまである。その種類の多さに、優也が目を見張った。

「こんなに必要なんですか？」

　すぐに使えるように、つぎつぎと容器の蓋を開けながら颯太が答えた。

「調味料はたくさんの種類を使ったほうが味に深みが出るんだよ」

「味に深み？」

　颯太は、そうそう、深み、と意味ありげに笑うが、優也はさらに首を傾げている。翔平が説明を加えた。

「ごまかしが利くってことだ。いろいろな調味料が混ざり合って、なんとなくそれっぽい味に感じられるんだよ。お、なんか食べたことない味だけど、旨いなこれ！　とかな」

「自分で言うなよ、翔平。せっかく俺がオブラートにくるんでやったっていうのに」

「そんなオブラート必要ない。ごまかしでも何でも旨ければいいんだからな」

「ま、そりゃそうだね」

颯太と会話を交わしながらも、翔平は食材を次々と中華鍋に入れて炒めていく。

切るのはゆっくりでも構わないが、炒めるのはスピードが命！　とばかりに大車輪で炒め上げ、どかどかと調味料を投入。味見もせずに火を止めて、大皿にざーっと中身をあけた。

「よっしゃ、できあがり！」

「すげえ……旨そう……」

ニンジン、ピーマン、タマネギ、キャベツにモヤシ、そして豚バラ肉。何の変哲もない材料ばかりであったが、翔平が作った野菜炒めからは、生唾を飲み込みたくなるような美味しそうな匂いが漂っていた。

「ま、食ってみろや」

すかさず小皿と箸を渡されて、優也は添えてあった大きなスプーンで野菜炒めを皿に移した。立ったまま口に入れ、驚愕（きょうがく）の眼差しで翔平を見る。

「旨いか？」

「はい……」

何で味見もしてないのに……と顔に書いてあった。けれど、その質問は後回し、とばかりに優也は野菜炒めを食べ続けた。

「別に火力も強くないのに、なんでこんなにべちゃっとしてないんですか？　うちのコンロのほうがずっと火力が強そうなのに……」

主婦の職場だから、と優也の母は台所にはこだわっている。特にコンロには強い関心を持っていて、つい最近、揚げ物の温度調節とかオートグリルとかがついた最新の機種を導入したばかりなのだ。火力にしても、調理実習室に十数年前からあるコンロとは段違いのはずだった。

「確かに野菜炒めは火力勝負だって言われてるよね。でも、それってなんでかわかる？」

颯太の質問に答えられるわけもなく、優也はふるふると首を振った。

「大地は？」

にやりと笑って、颯太が大地を見た。

「火力が弱いと炒めるのに時間がかかって野菜から水分が出てきちゃうからです」

「正解。さすが『先輩』」

そうか……仮とはいえ、後輩ができたんだから俺はもう『先輩』なんだ！

颯太の言葉で、思わず大地の頬が緩んだ。せっかくできた後輩を失わずにすむようにしっかりしなきゃ！　そんな決意を固めている大地の横で、翔平が語り始めた。

「水分が出てくると野菜炒めはべちゃべちゃになる。だからこそ短時間勝負なんだが、火力が弱い場合は、炒める時間が少なくてすむようにするしかない」

「どうやって？」

「レンチンだよ」

レンジで温めることを『チンする』と言うのは旧型のレンジの終了音から来るもので、今のレンジは軒並み「ピッ」系の電子音になっているはずだ。だが『チンする』という言葉は衰退することもなく、それどころか短縮形である『レンチン』という言葉に進化した。短くてわかりやすい言葉だから、包丁部でもしょっちゅう使われていた。どうやら優也も『レンチン』という言葉は知っていたらしく、今度は疑問を呈することはなかった。

「なるほど……あらかじめ加熱しておくってことですか」

「そう。それで短時間調理が可能になるし、ビタミンの損壊も最小限に防げる」

「ビタミン……そんなことまで気にするんですか？」

「当たり前だ。何のための包丁部だと思ってるんだ。ただ作って食うだけじゃないんだぞ。如何に効率良く調理して必要な栄養素を取り込むかを研究する。それこそが包丁部の活動目的だ」

「そうだったんだ……」

思わずそう呟いたのは颯太。これが優也なら問題なかったのだが、入部して二年以上経っている颯太の発言だけに、翔平が思いっきり情けなさそうな顔になる。

「颯太、お前って奴は……」

「だってそんなこと聞かされてないもん」

「じゃあいったいうちの部は何のためにあると思ってたんだ！」

「モテ男子育成？」

「大地、殴っていいぞ」

「では僭越ながら、後輩勝山が制裁させていただきます！」

「どわーっ！　勘弁して――――！」

逃げ出した颯太を追いかける大地を、優也の笑い声が追いかけてくる。鬼ごっこを続けながら、大地は優也の楽しそうな様子に安堵する。

体験入部一日目はまずまず上手くいったようだ。翔平たちも優也の面倒をちゃんと見てくれそうだし、この調子なら二、三日もすれば彼は入部届を提出してくれることだろう。

ところが……翌日も、その翌日も、優也は調理実習室に現れなかった。

「水野君」

声をかけてきたのが大地だと気付いた途端、優也はぎょっとした顔になった。

体験入部で野菜炒めを作った日から三日が過ぎた。あの日、皿をきれいに空にし、後片付けまできちんと終えた優也は「明日も必ず来ます！」と約束して帰って行った。それなのに、一向に姿を見せない。

いったいどうしたんだろう、と心配になった大地は、優也のクラスに様子を窺いに来たのだ。

休み時間に一年四組の教室に行ってみたが教室は空っぽ。やむなく引き返してきたが、二年生の教室が並ぶ廊下で向こうから歩いてくる優也を見つけた。どうやら彼は、理科棟から戻ってきたところらしい。

「どうしたの？　昨日も一昨日も来てくれなかったけど……」

まだ入部したわけではないから、無断欠席と責めるわけにもいかない。でも、「必ず来ます」と言っておいて来なかったのだから、一言ぐらい説明があってしかるべきだろう。そんな不満が顔に出て彼を萎縮（いしゅく）させないことを祈りながら、大地は精一杯穏やかな口調を心がけた。

「えっと……あの……」

優也は困ったような顔で隣にいた生徒を見た。見るからに気の強そうなその生徒は、優也の様子から大地が包丁部の一員だと察したらしかった。

「こいつ、今、天文部に体験入部してるんです。すごく気に入ったみたいだから、きっとこのままうちに入部すると思います」

な、そうだよな？ と念を押され、優也はもっと困ったような顔になる。その様子は、とてもじゃないが、天文部に入部したがっているようには見えなかった。

天文部⁉ あそこは確か、うちとタメ張るぐらい万年廃部危機のはず。さては、無理やり誘い込んだな？ 優也はいかにも気が弱そうだから断れないだろうって……。そうはさせるか！

大地はちょっと顎(あご)を引いて、優也の隣の生徒を見据えた。普段の颯太を思い浮かべ、できる限り冷静かつ上級生らしい口調を心がける。

「へえ、天文部か。それはいいね、理科の勉強にもなるし。でも水野君、天体観測に興味なんてあったんだ？」

「いや、俺は……」

「星座の名前がすらすら言えるのはかっこいい、って言ったよな？　それに優也、中学の頃から、公然と夜遊びできるのはいいって羨ましがってたじゃん」

「それは……」

どうやらその天文部の生徒は優也と同じ中学校の出身で、高校に入る前から面識があったらしい。中学の頃から天文部に所属していて、高校に入ってからも続けたい。でも末那高天文部は部員不足で存続の危機。何とか部員を増やそうと探し回った挙げ句、優也に辿り着いたのだろう。

様子を見る限り、ふたりの力関係は明確。天文部員を前にして、優也はまるでなにか弱みでも握られているかのようにおどおどしていた。

天文部員はさらに言い募る。

「お前、地学の成績めっちゃ悪いだろ？　天文部に入れば成績急上昇もありだぜ」

課題とかテスト前の勉強とかも、顧問の先生がついてしっかり見てくれるし、と天文部員はおいしい話を続ける。他教科に負けず劣らず地学が得意ではない大地は、思わず「じゃあ俺が入る」と言ってしまいそうになる。もし天文部の顧問が、入学早々地学室の掃除当番に当たった大地を「掃除が杜撰すぎる」とこっぴどく叱りつけた教師でなければ、心が動いたかもしれない。

部活動で苦手科目を克服できるのはいいよな。包丁部じゃせいぜい上がっても家庭科。やっぱ五教科とは重みが違う……と一瞬、弱腰になった大地に天文部員は、結論づけるように言った。

「とにかく、水野は天文部に入ります。申し訳ありませんが、先輩は他を当たってください」

そして彼は、優也を引っ張って歩み去ろうとした。

これは無理かな……と諦めかけたとき、優也が振り向いた。大地の目に縋るような眼差しが飛び込んでくる。

なに、その追試ボーダー点で採点ミスを探すみたいな目は？　この天文野郎が言ったこと以外に事情でもあるわけ……？

ここはひとつ、この天文野郎がいないところで話を聞いてみる必要がある。そう思った大地は、立ち去りかけた優也に声をかけた。

「あ、水野君。もし天文部に鞍替えするなら、うちが預かってる君の入部届を返さなきゃならないから、今日の放課後にでも、取りに来てよ」

「そんなもの別に返さなくてもいいでしょう？　入部届の用紙なんていくらでもあるんだから、そっちで勝手に破棄すれば……」

　天文部員が不服そうに言う。だが、大地はここぞとばかり言い返した。

「だめだよ。入部届には連絡用の電話番号が書いてある。個人情報だから、確実に本人の手に返さないと」

　銀行だってスーパーだってそういう書類は本人に返してるだろ？　入部届は部長が持ってるから、それを受け取ったあと天文部に行けばいいよ、と大地はにっこり笑った。さらに、唖然としている優也に、こっそり目配せをする。

「……あ、はい、わかりました！」

　出した覚えもない入部届を受け取りに来いと言われて、地獄で仏に会ったみたいな顔になったところを見ると、やはり優也は天文部への入部を強要されているらしい。

　包丁部は嫌がる人間を脅して入部させるようなことはしない。優也は天文部ではなく、包丁部に入りたがっている。包丁部の存続のため、そして何よりも、料理を覚えたいと思っている優也自身のために、是非とも包丁部に入部してもらいたい。

　いずれにしても今日、優也は包丁部にやってくる。どんな事情があるかは知らないが、きっとなんとかしてみせる。大地はそう心に誓った。

「で、いったい全体なんでそんなことに？」

ただでさえ強面の表情をさらに渋くさせ、翔平が問い質した。

優也は一瞬、たじろぎはしたものの、それでも例の天文部員と一緒にいるときよりは幾分は顔色も良かった。彼と一緒にいるのはよほど不本意だったのだろう。

「剛、あ、あいつは仲代剛っていうんですけど、あいつとは小中学校が同じで、家もけっこう近いんですよ。さすがに高校は別のところになるだろうと思ってたらまた同じで……」

もう、うんざりだ、と、優也にしては珍しく、吐き捨てるような口調で言った。

「幼なじみなの？　幼なじみって、基本的には仲がいいものじゃないの？」

颯太が首を傾げる。大地にしても、優也と剛という名の天文部員の間で交わされたやり取りは、どう考えてもそんなに和やかなものではなく、むしろはっきりと序列を感じた。言うまでもなく、優也が下位である。とてもじゃないが、竹馬の友には見えない。

「あいつ、偉そうでしょう？　ちびの頃からずっとあんな感じなんです。頭の回るガキ大将っていうか……」

偉そうで、自分勝手で、自分が一番じゃないと気に入らない。優也のように人の後ろに隠れてひっそりしていたい人間にとって、一緒に遊んで楽しいタイプじゃない。だから小中学校の間に、あまり接点はなかった。けれど、同じ中学から末那高に進んだ人間はほんの数人。取り巻きが欲しい剛は、幼なじみの優也に目をつけ、ついでに天文部に引きずり込もうとした。

登下校はもちろん、休み時間もうるさくつきまとわれ、クラスが違うだけでもマシだと思うしかない状況だ、と優也は嘆いた。

「なんでそんな状況に甘んじてるんだ？　嫌なら付き合わなきゃいいじゃないか。きっぱりはねつけろよ」

「それが……」

剛は人を操るのが非常に上手いらしい。

もともと外面が良く、頭も切れるから、教師からの覚えもめでたい。組織のリーダーに抜擢されやすく、ちょっと見はクラスの人気者。だが、長年彼と付き合っている優也は、彼の本質をよく知っていた。

大人しく剛に従っている間はいいが、一旦反旗を翻したら容赦はしない。実に巧妙に立ち回って自分の意に染まない人間を仲間はずれにしてしまう。しかも自分では手を下さず、他の人間を使って……

軽い仲間はずれ程度ですめばいいが、学校という社会において、そういう状況は簡単にいじめに繋がっていく。剛は陰で糸を引き、何人もの生徒を不登校に追い込んだ。しかも剛自身は手を出していないから、友達をいじめるなんて困ったものですねえ……なんて言いながら、ホームルームで対策を話し合うふりまでするのだから質(たち)が悪い。事情を知っている者もいたけれど、下手なことを言えば今度は自分が狙われかねないから何も言えない。

　今まで優也はなんとか関わらずにすんできた。だが、天文部の件でとうとう剛に目をつけられてしまった。もしも天文部に入部しなかったら、今度は自分がターゲットになってしまうかもしれない。それが怖くて、剛の誘いを断り切れないのだ、と優也は言った。

「昔からあいつには敵(かな)わないんです。めっちゃ頭いいから、口げんかひとつ勝てる気がしません。自分でもすごく情けないんですけど……」

「うーん……なんてありがちな……」

　颯太が天井を仰いだとき、調理実習室の引き戸が勢いよく開いた。

「日向、新入部員はゲットできそうか？」

　入ってきたのは土山美子(つちやまよしこ)、包丁部顧問教員だった。

「ミコちゃん先生、そんなに簡単なら苦労しませんよ」

『美子』と書いて『よしこ』と読む。今時『子』がつく名前というだけでも珍しいのに、あまりにもオーソドックスな名前である。

　本人は「いけてない！」と文句を言い、『よしこ』ではなく『みこ』と呼ぶことを強要。包丁部の面々は、『よしこ』も『みこ』も似たようなものだろうと思いながらも、着任早々、包丁部の顧問を引き受けてくれた土山教諭に最大の敬意を表して『ミコちゃん先生』と呼んでいた。

『みこ』と『せんせい』の間に入り込んでいる三文字は、身長一五三センチという、思わず「ちゃん」づけで呼びたくなるほどコンパクトな外見によるものである。ただし、コンパクトと言えるのは外見だけ。態度も言葉遣いも尊大に尽き、日常的に『ちゃん』づけで呼ばなければ、女性だということを失念しそうになるほどだ。

　先輩ふたりは大地に、ミコちゃん先生は剣道二段だ、本人相手にうかつなことを口走ったら大変な目に遭わされる、重々気をつけるように、と厳命する。

　そんな外面と内面が著しく不一致なミコちゃん先生ではあったけれど、彼女は彼女なりに精一杯包丁部の顧問を務めてくれていた。

「おや、それは残念。あ、でも、新顔がいるじゃないか」

ミコちゃん先生は、調理台の周りに置かれた椅子に座っている優也を見つけて、ちょっと嬉しそうな顔になった。部の存続は、ミコちゃん先生にとっても頭の痛い問題なのだろう。

「もう入部届は書いたのか？　まだ私のところには届いてないが……」

「えーっと、それがですねえ……」

そこで翔平は、優也を天文部と取りあっている事情を話した。

「天文部か……。あそこも絶滅危惧部だな。うちとどっこいどっこいだ。でも将来のノウハウという意味では断然うちのほうが有利なんだがなあ」

「でも、あっちは定期テスト対策付きだそうですよ」

「うーむ……それなら勝山も天文部に入ったほうがいいんじゃないか？」

「ミコちゃん先生！」

「失敬失敬！　だがなあ……、勝山、この間の定期テストも……」

担任じゃなくても、顧問のところには部員の成績が届く。あまりにひどいようだと、部活動そのものを制限しなければならなくなるからだ。だから、ミコちゃん先生は部員の成績をちゃんと把握しているし、気にもしている。中でも追試ばかりの大地の成績は頭にこびりついているらしい。

「トップテン入りしろなんて言わないが、留年の心配だけは勘弁してくれ」

「う、うっす」

ミコちゃん先生は、一五三センチの身長で、一七七センチの大地を見上げるように説教してくる。口調こそ先生然とはしていたけれど、子どもが大人を叱っているような風景に、翔平と颯太が笑いを堪える（こら）のはいつものことだった。

「で、基本的な確認だが……」

ミコちゃん先生はお約束の教育的指導を終え、優也のほうに向き直った。

「水野は、本当に天文部じゃなくて包丁部に入りたいんだな？」

「もちろんです！」

「相手、つまり今回は『幼なじみの剛君』だが、彼の都合は無視して手っ取り早くってことでいいのか？　それともできるだけ穏便に？」

「手っ取り早くでかまい……」

「ミコちゃん先生、とりあえず俺たちで何とかしてみますから！」

颯太が慌てて、優也の台詞に割り込んだ。怪訝な顔をする優也に、翔平が説明する。

「あのな、水野君。ってもう、面倒だから『優也』でいいな？」

優也がこっくり頷いたのを確認し、翔平は言葉を続けた。

「うちに入ってくれるなら、まず覚えてほしいことがある」

「なんですか？」

「ミコちゃん先生の『手っ取り早く』には気をつけろ」

「おや……日向、なんて人聞きの悪いことを……」

ミコちゃん先生がにんまり笑いながら言う。微妙に目だけが笑っていない笑顔は、彼女の恐ろしげな性格をよく表していた。

「どういう意味ですか？」

「この先生が前回『手っ取り早く』という言葉を持ち出したとき、危うくふたりほど病院送りにするところだった」

「病院送り？」

「うちの可愛い生徒に因縁をつけてきたんだぞ。教師としては守るのが当然じゃないか」

「ミコちゃん先生のは、過剰防衛です！　そもそもそんななりして大の男をふたりも伸すなんてあり得ないでしょ」

「え、そうか？　だが、こちらは身体的不利を抱えたか弱い女性なんだから、あれぐらい頑張らないとな」

「か弱い女性は男相手に大立ち回りしたりしません！　だいたい、ミコちゃん先生がそういうことやったらやばいでしょ？」

武術の有段者はその技を使って他者に危害を加えてはならない、とか何とかいう規定があるはずだ。剣道有段者のミコちゃん先生の場合、完全にアウトだった。

「えー大丈夫だろう？　竹刀も使ってないし」

「竹刀も傘も似たようなもんです！　とにかく、実力行使反対！」

「手っ取り早いのになあ……」

翔平とミコちゃん先生のやり取りに、優也は言葉をなくしている。無理もない。このコンパクトな女性教諭が剣道の段持ちで、下校時、生徒に絡んできたチンピラふたりをたまたま持っていた傘でぶっ叩いて気絶寸前に追い込んだ、なんて聞かされても信じられるわけがない。大地にしても、自分の目の前で起こったことでなければ、一笑に付したことだろう。だが、這々の体で逃げ出したチンピラどもの後ろ姿は、そう簡単に忘れられない。

彼らを見送ったミコちゃん先生の高笑いは、次回からはとにかく警察、それが叶わなくとも彼女以外の人を呼ぼう、と決意させるに足るものだった。

大地がリアルで遭遇した事件はそれぐらいであるが、ミコちゃん先生の武勇伝は多いらしい。ただ翔平も颯太も、それに関しては黙して語らない。おそらく思い出したくないのだろう。

まあ、そんな黒歴史をほじくり返さなくても、ミコちゃん先生の『手っ取り早く』の恐ろしさは日常生活から窺い知れる。その最たるものが料理だった。

ミコちゃん先生の料理はまさしく『レシピ？　計量？　なにそれおいしいの？』状態。手っ取り早く完成することが大事で、あとは生煮えであろうが激辛であろうが鉄の胃袋で乗り切る、という姿勢だった。

それでいて味覚に関しては完璧で、ほんの少し隠し味に使った素材でも見事に嗅ぎ分ける。舌で感じ取った味を再現できさえすれば、彼女はどんなカリスマシェフにも劣らない料理を作ることができるのに……と、翔平と颯太の嘆きは止まらない。

なぜそんな人物が包丁部の顧問なのか、と問われれば答えは簡単。他になり手がなかった、に尽きる。

運動部のように熱血できるわけでもなく、芸術系のようにコンテスト入賞を狙えるわけでもない。それなのに、調理実習室で連日活動。活動終了を確認し、火気その他の不始末がないか、まで見届けなければならない。顧問としてこんなに面倒くさい部はない。

本来なら包丁部顧問には家庭科教諭あたりが適当なのだろうが、どういうわけか末那高の家庭科教諭は代々体育会系。現在の家庭科教諭は元バスケット国体選手。当然、バスケット部の顧問を務めているし、彼女の前任者は弓道有段者。その前は卓球……とそんな感じなのだ。ここまでくると、男子校への赴任を前提に舐(な)められないような人材を選んでいるとしか思えなかった。

強豪運動部を多数抱える末那高は、運動部に所属する人数も多い。部員数に応じて顧問教員も複数必要となり、体育科教員だけでは足りなくなる。素養のある教員が運動部の顧問に就任させられるのも無理はない。

というわけで、包丁部の顧問を家庭科教諭が務めたことはなく、包丁部はいつも顧問探しにも苦労している。つまり包丁部は生徒のみならず、教師にも人気のない部活なのである。

学校が休みの日には活動しない、という唯一の美点を買って顧問を引き受けてくれていた社会科教諭が転任したのは二年前。当時の部長は、また顧問探しか……とがっくりきたそうだが、後任としてやってきたミコちゃん先生がいとも簡単に引き受けてくれたらしい。

社会科教諭で専門は日本史。歴史研究に命を燃やすミコちゃん先生にとって、長期休暇中は基本的に『自主トレ』になる包丁部は大変都合がいい。さらに、末那高剣道部の顧問は既に数が足りていたし、彼女自身、剣道は学生時代に散々やり尽くし、もう未練はないと思っていたのも幸いした。

恐る恐る顧問を頼みに行った当時の部長に、驚くほど簡単に了承し、ミコちゃん先生は言ったそうだ。

「あんまり細かいことは言わないこと。面倒くさいのは嫌いだから」

以来、ミコちゃん先生のモットーは『手っ取り早く』。だが、その実行については問題ありあり。うっかり口にすべきことではなかった。

「とにかく俺たちでなんとか頑張ってみます。どうにもならなかったらまた相談しますけど、その際も『手っ取り早く』はなしです！」

颯太に念を押され、ミコちゃん先生はものすごくつまらなそうな顔になった。それでも、優也の今後のことを考えれば『穏便に』が正しいに決まっている。

颯太はあらためて優也に話しかけた。

「水野君、親御さんとかに相談は？」

「してません。別に今はまだいじめられてるってわけじゃないし……」

まだ何も起こっていない。ただ、矛先がこちらを向きそうだ、という気配だけなのだ。相談をしても家族に心配をかけるだけ。それでも、天文部への入部だけはなんとしてでも避けたい、と優也は言う。

「俺は料理を覚えたいし、天文部じゃなくてもあいつと同じ部は嫌です」

「まあ、そうだな。部活って一緒にいる時間が長いしなあ……」

普段もそうだが、天文部は夏休みの合宿もやるらしい。三泊四日だと聞いたが、そんなに長時間、びくびくしなければならない相手と過ごすのは耐えがたいだろう。

「先手必勝でやっつけちまえば？　なんなら傘を貸す……」

「だから！　どうしてそういう物騒なことを言うんですか！」

「冗談だ、日向。天文部なら傘なんてなくても、三脚とかが使えるだろう」

「ミコちゃん先生！」

勘弁してくれ、と翔平が頭を抱えている。顧問の暴力沙汰で廃部なんて洒落にもならない。

もちろん、そんな事例は聞いたことがなかったけれど……

「ミコちゃん先生、翔平は真面目なんだからあんまりからかわないでください。それより、水野君。具体的に聞かせてよ。剛君の要求を突っぱねたらどうなるの？」

「たぶん、速攻でいじめが始まります。俺のこと舐めてると思うから、楯ついたりしたら徹底的に反撃されそう」

「優也のことだから、たとえそうなったとしても家族にも先生にも言えないだろうな」

翔平の言葉に、優也ははっきりと頷いた。自分さえ我慢すればすむことならば、と優也なら耐えてしまうだろう。それを思うと、大地のほうがやりきれなくなる。優也がそんな思いをしていると知ったら、彼の家族はさぞかし嘆くことだろう。それがわかっているから、余計に言えなくなる。

「水野君は本当に名前のとおりの性格なんだな……」

「お母さんのことを思ったら飯が不味いとは言えないし、妹の将来も心配。自分のことで心配もかけたくない。まさに優しい也（なり）、だ」

「名は体を表すっていうけど、ほんとなんだな」

颯太、翔平、ミコちゃん先生は優也の名前にまで言及して頷き合っているが、大地は次第に苛立（いらだ）ち始めていた。

優しいっていうのはそういうことじゃないだろう。強さが前提にない優しさに意味があるのか？　これじゃあちっとも解決に向かわない。いじめは立派な犯罪だ。直接手を出そうが、裏で糸を引こうが同罪。もういっそ、剛とやらを締め上げて『お前のやってることは犯罪だ』とでも言ってやろうか……

だがそれも、本人の希望ありきの話で、徹底的な事なかれ主義ではどうしようもなかった。

「水野君の名前なんてどうでもいいです。それより何とかしないと！」

大地はそう叫ぶと、優也に詰め寄った。

「水野君、奴の弱みとか知らないの？」

「大地、俺たちだって同じ気持ちだが、それは愚問すぎる」

「そうそう。そんなの知ってたら、こんなことになってないでしょ？」

翔平と颯太の言葉に、優也はまた力なく頷いた。

「そのとおりです」

「優也にはどうしようもない。それなら周りが何とかするしかないね。ちょっと考えるからしばらく時間を稼いでて」

颯太がにやりと笑った。

う……やばい。颯太先輩がこんな風に笑うときって、ミコちゃん先生の「手っ取り早く」といい勝負のたちの悪さなんだよな。颯太先輩、無茶なことやらなきゃいいけど……

「だめだったらほんとにちゃんと教えろよ。微力ながら助太刀いたす！」

微力なんて思ってもいないだろうミコちゃん先生の台詞に、颯太がさらにあくどい笑顔になる。

そちも悪よのお……と言い合いそうなふたりを見ながら、大地は小さくため息を漏らした。

しばらく時間を稼いで、と颯太に言われた優也は、入部届を書かないまま天文部に顔を出す、という方法を取った。末那高では、実際は入部届を出すまでは体験入部扱いになる。だが、連日活動には参加しているのだから催促されないはず、という翔平の意見は的を射ていたようで、剛がうるさく言うことはなかった。

そうこうするうちに一週間が過ぎ、さすがに引き延ばしにも限界があるぞ、と思い始めたある日、颯太が得意満面で調理実習室に現れた。

「一丁上がり。水野君は今日からこっちに来るよ」

「颯太先輩、いったいどんな手を使ったんですか？」

「どんな手もくそも、ごく普通にあっちの部長と話をしただけだよ」

「直談判（じかだんぱん）ですか⁉」

「翔平じゃあるまいし、談判なんてしないよ。あくまでも話し合い」

「果たし合い⁉」

「大地、耳鼻科行って耳掃除してもらってこい！」

「漫才はそこまでだ。颯太、手っ取りば……いや、速やかに状況説明してくれ」

手っ取り早いという言葉をここまで忌避するのはどうかと思う。ほんとにミコちゃん先生と来たら……と、大地のため息がさらに深くなる中、颯太が説明を始めた。

「天文部の部長ってさ、ちょっとしたオタクなんだ」

そりゃあオタクに決まってる。そうでなければ、眠い目をこすって一晩中夜空を眺める、なんてことができるはずがない。大地がそう言うと、颯太はそういう意味じゃないと苦笑いした。

「そういう正しい意味のオタクなら、文化系クラブの大半はオタク野郎の集まりだ。うちだって料理オタクの巣窟だろう？」

「巣窟ってこともないと思いますよ。本当のオタクは翔平先輩ぐらいで、あとは巻き添え……」

「巻き添えって言うな！　第一、誰がオタクだ！　料理は男の嗜みだ！」

「翔平、その感覚はおかしい。でも、女にはもてそうな台詞だな……」

颯太は料理を覚える必要があったにしても部活である必要はなかった。初心者向けのレシピ本はいくらでも出ているし、休日に母親から習ってもいい。大地に至っては料理をする必要もなければ、包丁部に入るまで興味すら抱いていなかった。要するにふたりとも、包丁部が存続の危機に陥ってなければここにはいなかったのだ。それを巻き添えと呼んでどこが悪い、と大地は思っている。あらゆる意味で純粋に料理に萌えているのは翔平ひとりと言えた。

「大地、お前最近、生意気だぞ」

入部した頃にゴボウを片手に首を傾げていたお前が懐かしい、と翔平は嘆く。もちろん、大地は異議ありだ。

「成長したって言ってください。俺だってもう二年生だし、後輩だってできるんだし、ちょっとは言い返しもしますよ」

朱に交われば……ではないけれど、自分でも包丁部に入ってから随分口が達者になったと思う。

陸上は寡黙な競技だ。会話スキルなんて必要ない。唯一の例外は新入部員勧誘だったが、あれはほとんどマニュアル通りの会話でなんとかなるから、会話力の向上なんて見込めない。言葉のキャッチボールがドッジボールになるならまだしも、ボールがどこかに飛んでいったまま行方不明。それが大地の会話力だった。

その情けない会話力が、毎日毎日翔平と颯太の掛け合い漫才を聞かされることで向上した。ぼけとつっこみの間合いも、包丁部で学んだことのひとつで、かつての陸上の仲間たちが今の大地を見たらかなり驚くはずだ。

旨いものを作って食べるだけ。大地を勧誘しに来たときに颯太が言ったように、本当にただそれだけだったら、大地はとっくに包丁部を辞めていただろう。だが、ここには人の交わりがある。

複雑なプロ仕様のレシピの、どこをどうアレンジすれば高校生男子に作れるものになるか。その手順を削ることで、味に致命的な影響を与えたりしないか。そんなテーマでディスカッションをするとき、部員たちは最高に楽しそうな様子を見せる。きっと、ああでもない、こうでもないと意見を戦わせることが楽しいのだろう。最初は戸惑いもしたが、今は大地だって同じ穴の狢だった。

食とコミュニケーションはお互いの存在を引き立てる。この楽しさを是非とも後輩にも伝えたい。それが実生活にも役立つなら、こんなに良いことはない――

「熱く語るなあ大地。しかもそれを後輩にも伝えたいなんて素晴らしい。まさに成長してる」

にやにや笑いの颯太に指摘されて、大地はちょっと赤面してしまった。

ああ、俺ってこんなタイプじゃなかったはずなのに……と、軽く落ち込んだ大地の肩を、翔平がパンと叩いた。

「まあ伝えようにも後輩がいなければ話にならんがな」

「そうでした……颯太先輩、先を続けてください」

「ほんっと、うちの部は話が進まないよね」

脱線の種を蒔いているのは誰だ！　と言いたくなったが、今回は自分も共犯。それに、ここでまた突っ込んでいては永遠に結論に辿り着かない。大地は大人しく颯太の言葉を待った。

「とにかく、あの部長はちょっとやばい系のオタクだったんだ」

「やばい系ってどういう意味ですか？」

「簡単に言えば、望遠鏡を夜空の観測よりもそれ以外のことに使ってた」

それ以外？　と翔平は首を傾げたが、大地はすぐに思い当たった。

「覗きでもやってたんですか？」

「ビンゴ。三号棟の屋上から真っ直ぐ狙える場所にマンションがあるんだ。天文部の部長様は、そのマンションをかなり熱心に観測してたらしい」

「そんなものあったっけ？　どっちのほう？」

三号棟って理科棟だよな？　と颯太に確認しながら、翔平はまた首を傾げている。どっちのほう、もなにも三号棟は東西横長に建てられていて、南側は中庭と芸術教科棟に阻まれている。従って、三号棟の屋上に立っても南側の景色なんて見えないのだ。

屋上から見えるマンションというのだから、北のほうにあるに決まっている。しかもそのマンションは、他の建物よりかなり高くて嫌でも目に入るのだ。

大地は、この人は本当に料理以外のことには無関心なんだな、と思いながら答えた。

「北を向いたときに見える鉛筆みたいなマンションですよ」

「ああ、そういえばあったような気もする。だが、あれ、かなり離れてるぞ？」

「そこは天体望遠鏡の出番ってわけ」

天体観測をまったくしていなかったわけではないらしいが、望遠鏡を空に向ける前に、ちょっとだけそのマンションに焦点を合わせる。そのマンションのどこかに、天文部長の興味を惹くものがあったのだろう。

おそらく最初は偶然だったのだろう。なんとなく望遠鏡を覗いてみたら、目に飛び込んできた。その観察対象を素晴らしく気に入った天文部長は、今度は意図的に望遠鏡をそちらに向けるようになったに違いない。観察対象にしても、周りに同じような高さの建物がない高層マンションで、覗きに遭うとは思ってもいないはずだ。

質素倹約、じゃなくて質実剛健をモットーとする末那高でそんな愚行が……と翔平は憮然としている。大地は思わず叫ぶ。

「犯罪じゃないですか！」

「そのとおり。まさに犯罪」

「まさかそれ、天文部全員でやってたんですか？」

「完全に部長の単独行動。ま、せめてもの救いだな」

「グルでも単独でもだめなものはだめです！　でも颯太先輩、なんでそんなこと……？」

天文部長と颯太は面識はなかったはずだ。それなのに、いったいどうやってそんな特ダネを拾ってきたのだろう。大地が疑問を感じるのは当然だった。

「そもそも本人の希望は包丁部なんだから、なんとかあっちに譲ってもらいたいもんだと思ってさ。さすがに『剛』君じゃまずいから部長あたりに話してみるかって、奴らがいつも活動してる屋上に行ってみたわけ」

春とはいっても四月ならまだ日も短く、六時過ぎには日没を迎える。末那高は午後七時までは部活動が認められているから、小一時間程度は夜空の観測が可能だ。

通常、天文部員たちは暗くなる前に屋上に出て望遠鏡をセットし、日没に備える。ただ、全員が準備に携わるかというとそうではない。彼らは、学校の備品である天体望遠鏡の性能に飽き足らず、顧問の地学教師が私財をなげうって購入した高性能の望遠鏡を使っている。教師からの借り物だし、扱いも慎重にならざるを得ない、ということでその望遠鏡の準備はもっぱら部長がおこなっていたらしい。

「天文部では部員たちに、日没直後の予想天体図を書かせるんだって。それを書き上げて部長のチェックを受けない限り、屋上には出られないらしいよ」

「ははあ……その間に部長は……」

「ひとりで屋上に行って望遠鏡をセットし、例のマンションをちょっと眺めてたってわけ」

「それを颯太が目撃しちまったのか……」

「そ。たまたま屋上に行った俺は、空に向けてるとは思えない角度の望遠鏡を覗き込んでる天文部長を見つけた」

「いや、でも、それって間違いなく覗きだったんですか？　颯太先輩が行ったときに、たまたまその角度になってただけで、今から空に向けるつもりだったんじゃ……」

　本当にマンションを覗こうとしていたにしても、どうにでも言い抜けできそうなのに……と、大地は疑問に思う。颯太はそんな大地の鼻先で、人差し指を左右に揺らす。

「どうにも言い抜けできない事情があったんだよ」

「なんだそれ？　覗きついでに写真でも撮ってたのか？」

「じゃなくてね、天体望遠鏡で空を見るなら必要ないパーツがくっついてたんだ」

「へ？」

　大地は思わず間抜けな声を上げてしまった。天体望遠鏡で空を見るなら必要ないパーツっていったい何だろう。そもそも大地は天体望遠鏡を間近で見たこともなかった。

「望遠鏡って、普通は像が反転してるんだよ」

　レンズを通して見た像は上下左右が反転している。それはおもちゃの望遠鏡を覗いた経験があるから知っているし、理科の授業で習った覚えもある。

　颯太の説明では、上下左右が反転した像を見やすいように補正したのが双眼鏡だそうだ。脳内補正だとか接眼レンズだとか、なんだかややこしい説明もくっついていたけれど、理系脳ではない大地にはさっぱりわからない。おそらく颯太も大地が理解するなんて期待してないはずだと思って聞き流した。颯太の説明は続く。

「……でも、天体望遠鏡にはそういう補正処理が施されてないんだ」

「反転しっぱなし、か」

「そう。月や星の像がひっくり返ってても支障ないからね。中には補正してあるのもあるらしいけど、うちの学校にある天体望遠鏡は倒立像のままの奴。『覗き』をやるにはちょっと見づらいんだ」

「なるほど、それでパーツってわけですか……」

「正立プリズムっていうんだけど、まあアダプターの一種だよね。それをくっつけると双眼鏡みたいに反転してない画像が見えるんだ」

「颯太、お前よくそんなこと知ってるな」

翔平は、まさかお前も覗きやってるんじゃ……と颯太を睨んだ。無理もない。天体望遠鏡を双眼鏡みたいに使うためのアダプターなんて、使う人間じゃなければ知らないに決まっている。

だが颯太は、あっさりそれを否定した。

「まさか。俺は覗きに興味なんてないよ。ましてやトカゲなんて……」

「トカゲだったんですか⁉」

　高校生男子の覗きの対象と言えば普通は女だろう！

　大地は予想外の観察対象に啞然としたし、翔平に至っては、天体望遠鏡で観察されたトカゲ……なんて、小説のタイトルみたいな台詞を繰り返している。大地は、女性相手じゃないなら違法性も少しは下がるか……と安心しかけて、ぶん、と首を振る。犯罪は犯罪だ。何を見ていたかなんて問題じゃない。

「アルマジロトカゲっていうずいぶん珍しい種類のトカゲで、出窓近くに飼育ケースが置いてあるらしい」

「颯太先輩は見たんですか、そのトカゲ？」

「見るわけないじゃん」

　天文部長は『すごく珍しい種類なんだ。保護対象になってて、ペットショップにもほとんど出てこないぐらいだから見てみろよ』と誘ってきた。だが颯太はきっぱり断ったらしい。

「なんで？　そんなに珍しいなら見たくならないか？」

　颯太は普段から好奇心が強いから、珍しいものなら見たくなって当然だろう、と翔平は言う。

「だって、俺がそれ見たら同罪じゃん」

同じ穴の狢作戦に嵌まるほど馬鹿じゃないよ、と颯太は不敵に笑う。

「『あのトカゲ、ほんとにミニチュアの恐竜みたいなんだ。そのうえ、ピンチになるとアルマジロみたいに丸まるんだ』って熱く語ってた。よっぽどトカゲフリークなんだろうな。でも、たかがトカゲだろう？　そんなもの覗くためになにやってんだか……」

「ほんとですよね……俺はどれだけ珍しくても、トカゲなんて見たくないです」

「まあ、でも、トカゲでよかったよ。もしも女だったら、颯太はうっかり覗いてたかもな」

「失礼だな、翔平。俺は、たとえ相手がめちゃめちゃいけてる女だったとしても、覗きなんてやらないよ。レンズを通してただ見てるだけなんてつまらないじゃない」

しゃべってなんぼ、あれこれできてなんぼでしょ、女なんて〜と颯太は歌うように言う。

いかにも颯太らしい発言に、翔平は覗き疑惑を引っ込めざるを得なかった。

「話題を戻そう。じゃあなんで、お前正立プリなんとかなんかに……」

「そんなに詳しいのか、って？　それは俺が博学だからに決まってるじゃないか。末那高の雑学博士とは俺のことだよ」

「雑学って、本学から外れているから雑学って言われるんだよな」

「翔平、身も蓋もない言い方するなよ」

「その博士ってカタカナみたいな気がします……」

「大地まで！」

「まあいい、わかった。とにかく、天文部の天体望遠鏡にはその正立なんちゃらがくっついてたんだな？」

「そういうこと。俺が屋上のドアを開けたら、正立プリズムつきの天体望遠鏡を覗き込んでにやにやしている天文部長のお姿があった。で、あんまり嬉しそうだから、しばらくありがたーく拝見してた」

「颯太……おまえ、ただ『拝見した』だけか？」

翔平が颯太のポケットのあたりをじろじろ見ながら訊いた。へへへ……と笑いながら、颯太はポケットからスマホを取り出した。

「見る？」

パネルにとんとんとタッチし、颯太は翔平と大地を手招きした。映っているものは容易に想像できる。やれやれと覗き込んでみると、動画の再生が始まり、そこには天体望遠鏡をマンションに向けて熱心に覗き込んでいるひとりの生徒の姿が映されていた。

「やっぱり……」

翔平は、颯太なら絶対に証拠を固めるはずだと思っていたらしい。そして、翔平の予測どおり、颯太はその動画をネタに天文部の部長に優也を天文部から解放するように要求した。

証拠を押さえられた天文部の部長が逆らえるわけもなく、彼は泣く泣く優也を諦めたのだろう。

「部長から直々に、仲代君に話をしてくれたよ。『水野君は包丁部に入りたいそうだから、行かせてやりなさい』って。上級生、しかも相手は部長だからね、仲代君も諦めるしかなかったみたいだ」

「人を脅すって最低だぞ……。それじゃあ、仲代と変わらないじゃないか」

「一緒にするなよ。俺は天文部に入りたそうな一年生を知ってたから、ちゃんと紹介してやったよ。それでチャラじゃない」

「チャラって……」

翔平は呆れたように言ったが、大地は彼も内心ではきっと喜んでいると思った。その証拠に、翔平はその日、颯太の大好きな親子丼を作ると言った。しかも、颯太の丼にはここぞとばかり飯と具が盛り上げられた。

歯ごたえを残して甘辛く煮たタマネギと柔らかい鶏の腿肉（ももにく）。そこに半量の溶き卵を入れ適度に固めたあと、火を止める直前に残った卵を流し入れる。二度に分けて投入された卵はとろとろの部分としっかり固まった部分が混在していた。

「あー、もう、お前が作る親子丼って金が取れるレベルだよなあ。肉は嚙んだときは弾力があるのに柔らかい。それにこの白身と黄身が適当に混ざった感じがなんとも……」

「本当ですよね。混ぜすぎでもない。混ぜ足りなくもない。タマネギにしたって砂糖やみりんに頼ってるわけじゃなくて、本来の甘さを生かしてますよね」

「翔平、お前はもう受験なんてやめて親子丼屋になっちゃえ！」

颯太はわしわしと丼飯をかき込みながら、そんな台詞を吐く。

いくらなんでもそれは暴言だろう、とは思ったものの、そんなことはどうでもいい。問題は優也が入部してもなお、包丁部は廃部の危機に迫られているということだった。

「おー、この包丁よく切れるようになったなあ！　さすが大枚叩いて研ぎに出しただけある！　翔平も包丁は研ぐけど、さすがに俺たちが使う分までは手が回らないからな」

ほくほく顔で包丁を使う颯太を見ながら、大地は複雑な思いだった。研いだばかりの包丁の切れ味については同意する。でも、よその部員を増やしてる暇があるなら、うちのほうをなんとかしてほしかった。とはいうものの、その不満を本人にぶつけたところで、優也をゲットしたのは颯太の功績だし、天文が好きな奴を天文部に入れるのは簡単なんだよ……なんて言われてしまうだけだろう。

料理が好きな人間がいれば包丁部に入れるのは簡単。でも、他の部活を差し置いて包丁部に入部してもいいと思うほど料理好きな人間を探すのは大変だった。しかも、体験入部期間が終わりに近づき、まだ部活を決めていない生徒はどんどん減っていく。いっそ職員室に乗り込んで、兼部禁止なんて規定の改正を迫ってみようかとすら思う。大地は、廃部になってまた別の部に所属し直すなんてまっぴらごめんだった。

第三話

包丁部、気合いの五目飯

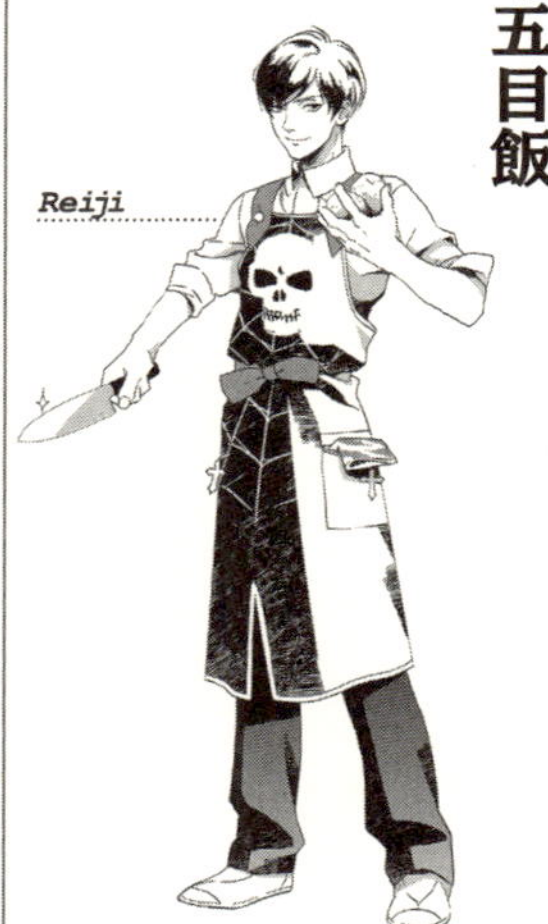

あと十日しかない……

大地はカレンダーの数字を眺めてため息をつく。

また美味しい情報にありつけないかと、昼休みのたびにトイレに籠もったりもしてみたが、優也のときのような状況はそうそう起こるものではない。個室でトイレ本来のミッションを終了して、とぼとぼと教室に戻る日々だった。

翔平が『ううむ……』と唸りながら調理実習室に入ってきたのは、体験入部終了まであと一週間となった四月二十三日のことだった。

「参ったなあ……今年もまたこいつのお世話になるのか……」

翔平の情けなさそうな声が聞こえた。大地が何事かと思って振り向くと、彼は一枚の紙を手にしていた。

「あ、今年もそれもらえたんだ」

颯太がちょっと嬉しそうな顔で言う。翔平はいよいよ困った顔になって言う。

「喜ぶなよ。これをもらうってことは、それだけうちが危機に瀕してるってことなんだぞ」

「でも、ミコちゃん先生の気持ちが嬉しいじゃない」

「翔平先輩、それ、なんですか？」

「これはなあ……まあ、閻魔帳（えんまちょう）みたいなものだ」

「まだ部活に入ってない生徒のリストだよ」

のどから手が出るほど新入部員が欲しい絶滅危惧部にとっては宝物みたいなリストである。本来は生徒が手にしていいものではないが、ミコちゃん先生は毎年こっそり包丁部の部長に横流ししてくれている。なんとか部員をゲットして成立条件の五名を満たせ、という顧問ならではの気遣いらしいが、大地は、それってばれたらやばいんじゃない？　と心配になってしまう。他の教師はもちろん、廃部の危機に瀕している他の部の部員だって黙っていないだろう。

そんな心配を口にした大地に、颯太は至って気楽に答える。

「大丈夫じゃない？　先生方は知らないけど、天文部は新入部員をゲットしたし、もう廃部の危機に見舞われてるのはうちだけだよ」

大人気のサッカー部やテニス部の入部テストも終わり、選に漏れた生徒達は第二希望の部に落ち着いた。新入生歓迎会を兼ねた部活説明会のときに、『うちであぶれた部員を紹介してやろうか』なんて言っていた隣の机の主は、素知らぬ顔を決め込んでいる。スポーツマンなら自分が言ったことぐらいちゃんと守れ、と思わないでもないが、紹介されたところで、運動部志望だった生徒がいきなり包丁部に転向するはずはない。

　俺みたいに膝でもぶっ壊したっていうなら別だけど、春の段階でそんなことになってるならそもそも運動部なんて志望しないよな……

　自分の無理が原因で、膝を壊して長距離走を断念せねばならなかった過去は、未だに疼(うず)く傷だ。それでも、たとえ自虐的とはいえ、その傷に触れることができるようになっただけマシだと思う。思うけれど、それは大地自身の問題で、その変化で廃部危機問題が解決するわけではない。大地は、先輩ふたりの会話に意識を戻した。

「結局、四月末までばたばたするのは毎年うちだけ。情けない話だ」

　颯太とは対照的に、翔平の口調は重い。新入部員の勧誘にさほど熱心ではなかったとはいえ、多少は部長の責任を感じているようだ。

「とりあえず、これが手に入ったんなら手分けして勧誘にあたろうよ」

「そうだな。じゃあ……」

　早速翔平がリストを割り振り、優也を含めて四人となった包丁部員達はまだ部活を決めていない一年生の勧誘を始めた。そんなに簡単にいくなら苦労はないと思ったけれど、彼らの反応は予想どおりのものだった。


　翌日の昼休み、大地は早速、とある一年生の教室を訪ねた。

「包丁部？　ああ、料理部ね。何が悲しくて貴重な高校時代を料理に費やさなきゃならないんですか」

　じゃあ、お前はいったい何に費やす気なんだよ。未だに部活を決められないでいるくせに！

　大地はのどまで出かかった台詞を何とか飲み込んで、颯太の受け売りで包丁部の利点に言及する。

「料理ができる男子は人気急上昇中だし、料理は覚えておいても邪魔にはならないよ？」

「そうかもしれないけど、『高校時代の部活は何でしたか？』って訊かれて『料理部』って答えるのはちょっと……」

　しかも卒業アルバムとかにエプロン姿で写りそうだし……とその一年生は言う。

そういえばこの春に卒業した包丁部の部長と副部長は、クラブ活動のページにエプロン姿で写っていた。右手にフライパン、左手にフライ返しを持って満面の笑みを浮かべたふたりは、いずれその写真を黒歴史と捉える日が来るのだろうか……

いや、きっと彼らはそんなことは思わない。料理の腕を磨いた三年間を誇らしく思い出すに決まっている。翔平や颯太も、大地だって同じだ。そもそもそんなところが気になる時点で、この一年生は包丁部とは相容れない存在としか思えない。

大地は「気が変わったらいつでも来てくれよ」という言葉を残し、きびすを返した。

次の一年生の開口一番は、大地がちょっと嬉しくなるようなものだった。

「俺、家庭科って好きなんですよね。男なのに変だ、ってずーっと言われてきました」

「あ、だったら是非包丁部に入ってくれよ！」

料理好きが原因で周りから白い目で見られている男子は包丁部にうってつけだ。特に今は、女々しさの欠片もない翔平部長が表看板を背負ってくれているだけに、ありがちな『オカマ疑惑』を浴びることもない。

「それにさ！　包丁部に入れば……」

勢い込んでさらなる熱い勧誘の言葉を口にしようとした大地を、その一年生は秒速で遮った。

「すみません。俺、家庭科に興味があるって言いましたけど、料理とは言ってません」

「は？」

「俺が好きなのは、パッチワークとか編み物なんです」

末那高にニット王子がいようとは……。

大地は思わず、口をぽかんと開けてしまった。

厨房男子よりもさらに珍しい存在である縫い物系男子。この一年生、背は大地よりも高いし、手も大きい。この無骨な手で縫い針や編み針を操れるなんて、しっかりついた筋肉で華麗なフライパン捌き（さば）を見せる翔平よりもすごいかもしれない。

「念のために訊きますけど、包丁部って料理特化をやめて家庭科部に転向することってありませんか？　テーブルクロスやランチョンマット作ったり……」

「それはないよ」

婦人雑誌に出てくるような素敵なテーブルセッティングを思い描いたのか、その一年生はうっとりとしている。だが大地は、勘弁してくれ、としか言いようのない気分だった。

包丁部は、手っ取り早く作れて、旨くて、しかもボリュームがある料理を主眼としている。典型的な男の料理専門だから、ランチョンマットなんておしゃれなグッズとは無縁である。

なによりも、小さな端切れを縫い合わせたり、レース糸でテーブルクロスを編む翔平なんて、想像できない。

「うちはさ、あくまでも包丁部なんだ。包丁を使うこと、つまり料理しかやらないことになってる」

「そうですか……すごく残念です」

申し訳なさそうに頭を下げる一年生に、大地は返す言葉もない。下手に最初に希望を抱いただけに、あまりにも痛いニアピンだった。

次もその次も、大地があたった一年生は芳しい反応はなく、翔平や颯太、優也も同じような状況だった。

「やっぱり全滅か……」

颯太が調理テーブルの上で組んだ手にこん、と額をぶつけた。翔平は渋い顔で腕組みをしているし、優也は包丁部の新人メニューとして野菜の皮を剝く練習をしていた。

そこにやってきたのはミコちゃん先生だった。

「なんだ、なんだ、みんなしてしけた面して！」

「しょうがないじゃないですか。リスト全滅したんですから」

「あーそうか、やっぱりだめだったか……。でもまあそれも想定内だろう。毎年、あのリストに載ってる人間をゲットできたことなんかないじゃないか」

そこまでわかっていてリストを渡してくるほうもくるほうだ、と大地は思う。

「ま、そんな君たちに朗報だ！　リストにひとり増えた！」

「リストに載ってる人間をゲットできた例しがないって言ったばかりなのに、それのどこが朗報なんですか！」

翔平が呆れ果てたように言った。とっさに残りの三人も大きく頷いた。だがミコちゃん先生は、何食わぬ顔で言う。

「ただの追加じゃない。そいつはなんと、包丁部の豚汁を食ってる！」

「だから！　毎年うちの豚汁は大人気です。食うだけだったら何十人と食ってますよ！」

人気があるのは豚汁だけというのは悔しいけれど事実は事実だ、と翔平は複雑な表情になる。作った当人にしてみれば、豚汁を評価されるのは嬉しいだろうし、部長としてはそれでも入部を希望する人間がいないというのは辛いに決まっている。

ミコちゃん先生は、そんな翔平の気持ちなど我関せずと嬉しそうに語る。

「ただ食っただけじゃないよ。わざわざこの調理実習室まで来て食ったって言ってたし、名前を見たらわかるんじゃないか？」

入学から部活決定期限である四月末日まで、包丁部では訪問者リストを用意しているが、それに名前を書く生徒はほとんどいない。それでも包丁部の面々は何とかクラスや名前を割り出そうとする。たとえ『食い逃げ』目的だとわかっていても、襟元の学年章やクラス章はもちろん、上履きの記名までチェックして、ちょっとでも入部の可能性がないか探るのが常である。

優也のように校門から体育館に続く通路で試食をした場合、一気に人が群がって名前をチェックし損ねることもあるが、調理実習室を訪れた生徒を漏らすことはない。本人が申告しなくても、学年とクラス、姓ぐらいまでは把握していた。ミコちゃん先生の言うとおり、調理実習室で試食した生徒であれば部員たちは名前に記憶があるはずだ。

どいつのことだろう？　と囁き合っている颯太と大地にお構いなしに、ミコちゃん先生はポケットからメモ用紙を取り出した。

だが受け取ってすぐに名前を確認した翔平は、みるみるうちに顔を曇らせた。

「よりにもよって……。だが背に腹は替えられない……いや、でもやっぱりこいつだけはちょっと……」

メモを片手に翔平はぶつぶつ言い続けている。しびれを切らした颯太が声をかけた。

「なんだよ、背に腹は替えられないってどういうこと？　一度はうちに来てくれたんでしよ？　まだどこにも入部していないなら、当たって砕けろでいいじゃない」

「でもなあ……」

「そうですよ。だめ元って言葉もあるし、千に一つの可能性でも、やってみる価値はあります」

「お前ら、この名前を見てもそう言えるのか？」

翔平の苦り切った声で、メモの名前を確認した颯太がたちまち固まる。

「げ……これって……」

「あの包丁語源執着男だ」

そんな名前じゃありません！　と一応は突っ込んだものの、大地にもようやく翔平の困惑の原因がわかった。

メモに書かれていた名前は『不知火零士（しらぬいれいじ）』。珍しい姓だから他に何人もいないだろうし、その名の主については大地もよく覚えている。

『包丁の語源は知ってますよね？』と訊ね、にやにや笑いで去っていった一年生。確か、彼の上履きに書かれていた名前は『不知火』だった。

「不知火零士って、名前からして物騒な感じがする」

「物騒とまで言ったら失礼ですけど、あんまり見かけない名前ですね」

「不知火って蜃気楼のことだよね。昔は妖怪の仕業だって思われてたらしいよ」

「零士の零が霊魂の霊じゃなくてよかったな」

「子どもにそんな名前をつける親はいないよ。でもこの零って零戦の零だ」

「親が軍艦とか戦闘機のマニアかも……」

どっちにしても穏やかじゃない。名前だけでも穏やかじゃないのに、あの笑い方はあまりにも不敵。旨い飯を作って食うことだけが主眼の包丁部にとって、異分子になるとしか思えなかった。

「こいつ、もしかしたら包丁部に興味を持っているのかもしれないが……」

「興味の方向が、どうも俺たちが望むところと違うような気がしますね」

「でもさあ、ひとりはひとりだよ。この不知火君がうちに入ってくれたら、とりあえず大地が卒業するまでは包丁部は存続する。優也が卒業するまでは保証できないけど」

「俺たちが卒業した時点で部員二名っていうのと、三名というのではけっこう違うな」

ひとりが校門あたりでビラを配り、もうひとりが机について呼び込みをする。ふたりだけじゃサクラ作戦も使えない、と颯太が心配そうに眉を顰めた。サクラを使えば、とりあえず豚汁を試食させることはできる。それが新入部員の獲得にどれぐらい効果があるかは抜きにしても、これが包丁部の実力だ、というPR効果は望めるのだ。包丁部に入れば、こんなに旨い豚汁が作れるようになる。それを知ってもらうことが重要だった。

「で、でも……！」

翔平や颯太は夏には引退。だが大地はそのあとも包丁部での活動を続ける。最低でも一年は、包丁語源執着男と付き合い続けなければならない。優也に至っては、丸二年である。そんな面倒なことを言い出す奴と仲良く一緒に料理を作れるだろうか。

「優也はどう思う？」

調理台の流しのところで黙々とジャガイモの皮を剝いていた優也は、いきなり翔平に声をかけられて危うくジャガイモを落としそうになった。

どうやら彼は、何かに熱中すると周りがまったく見えなくなるタイプらしい。どうりで野菜炒めを作ったとき、野菜をあらかじめ『レンチン』したと聞いてびっくりした顔をしたわけである。翔平が切り終えた野菜をレンジに入れた動作にも、仕上がりのピッピッという電子音にも気が付かずにいたのだろう。優也はいくつかの作業を同時に進行させなければならない料理には、ちょっと向かないかもしれない。そんな優也にとっても、面倒を起こしかねない新入部員というのは、歓迎要因ではない気がした。

「えーっと……その不知火ってのはそんなに面倒な人なんですか？」

「面倒かどうかはわからないよ。でも、なんかやりそうな気はする」

「蜃気楼みたいにゆらゆらと怪しげな気配だ」

こいつも名前のとおりっぽいな、と翔平と颯太はまたしても名前談義をしている。よほど名前談義が好きなのだろうけれど、翔平の姓は太陽を表す日が使われている『日向』、颯太の姓は月が入った『月島』。正々堂々を貫く部長翔平と静かに裏で支える副部長颯太こそ、名前のとおりだと思う。

その名前のとおりのふたりは、反応の薄い優也の返事を再度促した。

「どうなんだ、優也？」

「面倒なのは嫌ですけど、廃部よりはマシだと思います。それに勧誘してみても入ってくれるとは限らないし、声ぐらいかけてみてもいいかも……」

「そうだなあ……入ったところで続くとは限らないしな」

一ヶ月で辞めてしまった昨年の新入部員を思い出したのか、翔平がそんなことを言った。

「なんとか入部してもらって、判定会議が終わるなり退部してもらうのが理想ですね」

優也がさらっと口にした台詞に、先輩勢が啞然とする。

「ゆ、優也……お前、けっこうすごいこと言うな」

「こういう大人しそうなタイプこそ、やばいって見本だよね」

「確かに優也の意見が一番ありがたい。今の包丁部にとって五人目の部員は必須。だが会議をやり過ごしたあとは、もめ事の種は不要」

「じゃあ、この不知火君を勧誘してみるってことでいいかな？」

「他にあてがない以上、それしかないでしょうね」

かくして不知火零士の勧誘が決まった。ただし、彼の場合『可及的速やかに退部』が前提。本人が聞いたらさぞかし腹を立てるだろうが、大地の知ったことではない。

どう考えたって来年の部長は俺だ。こんな地雷みたいな奴、引き受けたくない！

そして包丁部の面々は、入部勧誘のトップバッターとして優也を送り込むことに決めた。同学年だから話しやすいだろうという判断からだった。

＊

「へえ……この僕に包丁部に入部してほしいというわけ？」

「まだどこにも決めてないなら、とりあえずうちに入ったらどうかな。見学に来てくれたぐらいだから、ちょっとぐらいは料理に興味もあるんでしょ？　最悪、入ってみて合わなかったら辞めちゃってもいいし」

優也は、俺だって続くかどうかわかんないし、と護符みたいな言葉を付け加えた。

ちょっと聞いた限りでは、それは不知火零士のためのもののように思えるが、その実、不穏な新入部員の速やかな通過を願う包丁部にとっての護符だ。入部してすぐに辞めてもらうことが前提の勧誘が本人にばれたら、こんなお為（ため）ごかしな言葉ではなく、本気の神頼みが必要になるかもしれない。

そう思わずにいられないほど、不知火の雰囲気は怪しかった。

「まだどこにも入ってないぐらいだから、ジャストミートするところはなかったんだろ？」

「まあね。興味を持った部はあったんだけど、体験に行ったら僕が思うのとはちょっと違ったんだ」

「あ、一応どこかには行ってみたんだ」

「心理学部に三日ぐらい。あまりにも普通に心理学やってて、これは違うな、って……」

「普通じゃだめなの？」

心理学部が普通に心理学をやって何が悪いのだろう。確かにあそこは、インターネットで見られるような心理チェックテストばっかりやっていると聞いたことがあるが、あれだって心理分析の一環である。かなり軟派傾向であることは否めないが、結果の分析とか、オリジナルのチェックテストも作っているらしいから、心理学部の活動としては間違っていないと思う。

だが不知火は、それじゃあねえ……と見下すような目をする。

「僕が興味を持っているのは超能力とか怪奇現象とか、そういうやつなんだ」

「それは心理学は心理学でも、超心理学ってやつじゃ……」

「うん、それそれ、超心理学。超能力とか怪奇現象みたいに科学的に実証されてないようなものに固執してあれこれやってる連中を温い目で見守るって楽しいよ。そうじゃなければ、犯罪心理学とかもいいなあ」

「そ、それは残念だったね。えーっと……他には？」

「それだけ。ひととおり調べてみたけど、興味を持てそうなものがなかったから、いっそ自分で作ろうかと思ってたところなんだ」

「自分で作る⁉」

優也は思わず素っ頓狂な声を上げてしまった。部活は潰すのは簡単でも作るのは極めて難しい。『ひとり一部』なんて決まりがある末那高においては、どこにも所属せずにふらふらしている生徒は存在しないし、面白半分の兼部も望めない。そもそも顧問を探すにしても、頼みやすそうな教員はもうとっくにどこかの顧問になっている。そんな中で、入学したばかりで学校の様子もわかっていない新入生が部活設立を目指すなんて正気の沙汰ではない。

「それはちょっと難しいんじゃないかな……」

「でも、興味が持てない部に入っても仕方ないだろう？　なければ作る、ってすごくシンプルな考え方だと思うけど？」

平然としている不知火を見て、優也は、なんでもかんでも『シンプルイズベスト』だと思ったら大間違いだ！　と吠えたくなる。けれどそれより先に、不知火が自分で部を作りたくなるほど興味を持つことのほうが気になった。末那高のクラブ活動は多種多様で、他校にありそうな部活ならたいてい揃っている。トランプ、花札、ウノ、果てはトレーディングカードゲームまで扱うテーブルゲーム研究部まで存在しているぐらいなのだ。

そのどこにも分類されない興味対象とはなんだろう、と優也が疑問に思うのは当然だった。

「ちなみに、それってどんな部？」

「語源研究」

「へ？」

「古い諺とか、故事成語とか、ああいう奴の語源について調べるのが好きなんだ。日本だけじゃなくて外国にも諺っていっぱいあるだろう？　そういう諺がどういう風に成り立ったのか調べるのってすごく面白いよ」

「面白いかあ⁉」

日本中を探しても、語源を調べるのが好きだという高校生はいないんじゃないか。しかもただ好きだというのではなく、部活をひとつ作ってしまいたくなるほどというのは普通じゃない。興味があるにしても、ひとりで黙々とやればいいのであって、みんなで仲良く活動するような内容には思えなかった。

「それは家で勝手にやるわけにはいかないの？」

中学校にだってそんな部はないはずだ。したがって、彼は今までだってひとりでそういう調べ物をしてきたに違いない。それならば今までどおり継続すればいいのである。

だが不知火は、またしても不敵に笑って言う。

「一種の啓蒙だよ」

「啓蒙って……」

どうしてこいつはこんなに、高校に入学したばかりの生徒に相応しくないことばかり言うのだろう。超心理学はまだしも、語源を調べる部を作りたいとか、啓蒙だとか、先月まで中学生だった生徒にはあまりにもそぐわなかった。

面食らっている優也にお構いなしに、不知火は質問を投げてくる。

「語源学って聞いたことある？」

「知らない……言語学なら聞いたような気がする」

ふう……

不知火があからさまにため息をついた。優也が、しまった！　と思う間もなく不知火のマシンガンみたいなトークが始まった。

「ね、知らないだろう？　語源学は文字どおり語源を調べる学問なんだけど、言語学の中の一方法論に過ぎなくて、独自の学問とは認められてないんだ。だから、大学にもそれを専門に研究する学部もないし、専門でやってる先生もいないみたいなんだ。でも、語源を調べるっていうのは言語の成り立ちだけじゃなくて歴史とか風俗全般にわたって掘り下げて調べるってことで、ちゃんと体系づけてやっていかないと真理には迫れないと思う。独自の学問と認めてもらうためにも、まずは語源学の認知度を上げるところから始めないとね」

こいつ本当に俺と同い年か？　もしかして病気で二年ぐらい入院してて高校に入るのが遅れた、とかいう事情があるんじゃないのか？

そう思いたくなるほど、不知火の言葉は高校生らしくなかった。それに、どれだけ彼が啓蒙に努めようが優也相手では効果は薄い。言語学にも語源学にもまったく興味はないし、諺の真理に迫れなくても、優也の生活には支障など微塵もないのだ。

優也はもう少しで、そう言ってしまいそうになった。だが、ここでそれを言ったら、おそらく不知火は倍返しどころではない量の台詞をぶつけてくるだろう。優也には興味の欠片も持てない話を延々と聞かされ続けることになってしまう。

　そんな事態が容易に予想できるほど、語源学について熱く語る不知火が、優也には不気味にすら思えてきた。

　やばい……やばすぎる。やっぱりこいつ、触っちゃいけない奴だ！　もしかしたら一時的に入部してもらうのも避けたほうがいいかもしれない！　ここはひとつ……

　不知火が大好きな諺で言うならば『君子危うきに近寄らず』だ、とばかり優也は発展的後退を決め込んだ。

「えーっと、じゃあまあ、頑張ってみたら？　勉強に関係しそうな部活って案外簡単にできるかもしれないし、だめだったときは、やっぱり心理学部に入ったほうがいいかも。俺はよく知らないけど、超心理学だって心理学は心理学だろう？　今はやってなくても、君が入部したらそういうジャンルにも手を広げる可能性だってあるよね」

　ここが潮時、水野優也、戦線離脱します！　心の中で敬礼し、優也は不知火の教室を出ようとした。そのとき、不知火が後ろから呼びかけた。

「あ、ちょっと待って」

　優也が恐る恐る振り向くと、不知火はなぜか満面の笑みを浮かべている。

「ごめん、邪魔して悪かった。休み時間もう終わりそうだから、俺……」

「僕、包丁部に入るよ」

「え？」

今、ちゃんと『え』って言ったよな、俺。『げ』になってなかったよな？

五人目の部員ゲットという喜びは、地雷を抱え込む危険性を前にひどく色あせて見える。

第一、たった今、語源学の啓蒙のために部活設立を目指したいと言っていたその口で、包丁部に入る、もないものである。

「でも、語源について調べる部を作りたいんだろ？」

「それはそうなんけど、いくらなんでも四月中には無理だ。とりあえず、どこかには入部しなくちゃならない。わざわざ誘いに来てくれた君に敬意を表して、包丁部に入ることにするよ」

「怪奇現象とか語源は⁉　そもそも君、料理に関心なんて……」

「料理自体には関心なくても、料理にまつわる諺には関心を持ってるよ」

「ほんとに⁉」

思わず優也が上げた素っ頓狂な声を、不知火は歓声と受け取ったらしい。

「そんなに喜んでくれるなんて僕も嬉しいよ。あの豚汁はすごく美味しかったし、君の部に入って『包丁』の語源を再現する日を楽しみに待たせてもらうことにするよ」

とはいっても、準備や後始末を考えたら実際にやるのは夏休みになるのかなあ……と、不知火は呟いている。彼が豚汁を食べに来たとき優也は入部前、その場にも居合わせていなかった。

　そういえば、先輩達が包丁の語源がどうのこうとの言っていたが、なんのことだろう……とさらに不安になった優也に、不知火はにやりと笑って言った。

「じゃあ今日の放課後、入部届を持っていくからよろしくね」

　こうして不知火零士の包丁部入部が確定した。だが優也の頭には『どうしよう』の文字が渦を巻いていた。

　先輩方、すみません。とりあえず入ってもらえば、なんて言った俺が間違ってました！

　薄気味悪く笑う不知火を前に、優也は心の中で他の三人に謝り続けていた。

「包丁の語源とか準備や後始末とか言ってましたけど、なんのことですか？」

「やっぱりその話が出てきちゃったんだ……」

　優也は昼休みに二年生の教室までやってきて、勧誘の結果を報告した。その際に、彼の口から出た質問に、大地はため息が止められなかった。

「なんかまずい話ですか？」

「うーん……たぶん、彼なりのブラックジョークだとは思いたいんだけどさ」

　調理実習室に豚汁を食べに来たときの不知火の雰囲気は特徴的だった。そして、彼が残した『実演を楽しみにしてます』という言葉は大きな謎を呼んだ。あのときは首を傾げたまま終わってしまったが、大地はやっぱり気になってその後も時々彼の言葉の意味について考えていたのだ。

　そして今日、彼が『包丁の語源を再現』という言葉を使ったと聞いて、非常に嫌な結論に至った。

　不知火零士が諺の語源と超常現象に興味を持っているとしたら、『庖丁』と呼ばれる料理人がやったように、自分も包丁一本で牛を解体したい、とか言い出しても不思議ではない。

「やばい。あいつ、ついでに、キャトルミューティレーションについて考察してみたい、とか、言い出しそうだ」

「キャト……？」

　優也が聞き慣れない単語に首を傾げている。大地はあえてゆっくり発音しながら答えてやった。

「キャトル・ミューティ・レーション。俺も前に颯太先輩から聞いたんだけど、動物から血だけを抜き取るとか、そういうやつ」

「きもっ！　でも、そんなこと本当にできるんですか？」

「わからん。でもあいつ、なんかそういうの実証したいって言いそうな雰囲気じゃないか」

「確かに……」

大地は研ぎ上げた包丁をかざして牛に挑もうとする不知火を想像し、かすかな頭痛を覚えた。捌くにしても中身だけ抜くにしてもとんでもない話である。

大地は無理やり、それでもひとりはひとりだ。判定会議さえ乗り切れば……という考えに置き換え、不安そうにしている優也に微笑む。

「と、とにかく、勧誘お疲れさん。これで廃部は免れる」

「喜んでいいのかどうか微妙ですけど」

「夏までにお引き取りいただけることを祈るしかないよ」

「というか、うちは幽霊状態でいいから、語源研究部設立に向けて頑張ってほしい、とぐらい言ったほうがいいかも……」

「だよなあ」

とはいえ、不知火零士退部の前提は『語源研究部設立』である。先輩から聞くところによると、包丁部設立の時ですら一年ぐらいかかったと聞いた。初代部長のノートと試験ヤマカケの魅力でもって成立に必要以上の部員数を集めていたにもかかわらず、である。不知火が語源研究部に入ろうという生徒を何人集められるかにもよるが、どう考えても望み薄。十中

八九、語源研究部はできないだろう。大地は先行きが不安になるばかりだった。

その日の放課後、不知火零士は几帳面な字で書き込まれた入部届を持って、調理実習室にやってきた。

よろしくお願いします、と用紙を差し出したあと、不知火は用意されている食材を興味津々の目で眺めた。

その日、作る予定になっていたのは五目飯。調理台の上には鶏肉、ニンジン、ゴボウ、シメジに油揚げ……といったお馴染みの食材が並んでいた。

「珍味佳肴とは言いがたいですね。でも、県立高校で錦衣玉食なんてあり得ないからこんなもんですかね」

どうしよう。日本語なのに意味がわからない……

大地は初っぱなから頭を抱えてしまう。地学に負けず劣らず、国語の成績だって自慢できない。頼むから俺がわかる言葉でしゃべってくれ、難しい言葉を知らない人間にもわかるように話すのが識者ってもんだろう！　と言いたくなってしまう。ただ、不知火零士の場合、識者であろうとしているのではなく、単に小難しい言葉を使いたがっているだけのような気はしたが……

「えーっと……不知火君だっけ？」

「はい、不知火零士。一年七組です」

「もしもうちに、ものすごく珍しかったり、超絶に贅沢で旨いものが食べたくて入部したなら、そのご期待には添えないよ」

　不知火は片方の眉だけを上げて颯太を見た。ほんのわずかに称賛めいたものが見えたのは、大地の気のせいだろうか。大地には「チンミカコウ」とか「キンイギョクショク」というカタカナの羅列にしか聞こえなかった言葉を、颯太はちゃんと理解したらしい。さすが末那高の雑学博士を自認するだけあると感心してしまう。

「いいえ、僕は包丁部がどういうものを作るのか、にはあんまり興味はありません」

「ちょっと待て。じゃあ、何でお前はうちに入部してき……いや、してくれたんだ？」

　翔平が驚いて口を挟んでくる。料理そのものに興味がないのに包丁部に入部してくるというのは、部長としてはさすがに許しがたいかもしれない。

「水野君が誘ってくれたし、他の部よりは趣味に合いそうだと思ったんですよ」

「趣味って……諺とか語源とか？」

「ええ。食にまつわる諺は意外と多いし、調理過程で生まれたものもあるんじゃないかなって思うんですよ。それならどういう背景でその言葉が出てきたのか、料理という観点から調べてみたくなったんです」

「……変な奴だなあ、お前」

「よく言われます」

不知火は変人扱いされても平然としていた。きっと本人の言うとおり、変わっていると言われることには慣れきっているのだろう。そして、十中八九、『変わっている』こと自体を誇りに思っているに違いない。

「まあいい。とりあえず今日の課題は五目飯だ。で、不知火は家で料理はするのか？」

「やったことはありませんが、五目飯の作り方は知っています」

根拠なき自信というのを形にしたら、きっと今の不知火みたいになるのだろうと思う。知っているとできるは違うだろう。なんていい加減な男だと思う反面、大地はそうきっぱりと言い切れる彼が少し羨ましくなる。隣にいる優也がちょっと眩しそうな目になったところをみると、彼も同じようなことを思ったに違いない。

優也は何につけても自信がなさそうで人の後ろに隠れたがる。大地は、学業不振で陸上競技が唯一の取り柄だった。無理が原因でそれすら続けられなくなって、自信なんて木っ端微塵になった大地と優也は、ある意味似たもの同士だった。

「じゃあいつもどおり、分担を発表する」

米は既に研いであった。颯太の時間割で午後から調理実習室、というか炊飯器を使う予定がないことを確認して、昼休みに準備をすませた。

あとは野菜や肉を刻んで味付けをするだけ。簡単かつ食べ応えのあるメニューは新入部員を迎えるに当たって相応しいものだった。

「まず野菜、次に油揚げ、そして最後に鶏肉だ」

翔平がレクチャーする。今日は包丁部での実習だから各人が手分けして刻むけれど、家でひとりで作るときは具材を切る順番も考えなければならない。

野菜はまな板を汚すことが少ないので、灰汁（あく）の出ないものであれば続けて切っていい。でも生の肉を切ったあとは、どうしてもまな板や包丁を洗う必要が出てくる。だから下味をつけるとかで、先に使わなければならないときを除いて、肉を切るのは最後にする。また、油揚げは冷凍できるが、その際はあらかじめ湯を通して油抜きをしておくこと……

翔平は優也や大地が野菜を刻むのを監視しながら、説明を続けた。

不知火に与えられた具材はゴボウ。大地は自分が入部したての頃のことを思いだし、こっそり不知火の様子を窺う。彼はなんとなく育ちが良さそうに見える。きっと処理する前のゴボウなんて見たことがないに違いない。

ところが不知火の反応は大地の予想外のものだった。

「ゴボウですね。たわしは……ないか。じゃあ包丁で……」

そんなことを呟きながら、彼は調理実習室の後方にある用具棚から大きめのボウルを持ってくると、何食わぬ顔で翔平に訊ねた。

「酢ってどこにありますか？」

その瞬間の翔平の顔はちょっと見物（みもの）だった。これまでの新入部員は巻き添え、あるいは必要に迫られて、ということで入ってきた時点で料理ができる者はいなかった。新入部員の大半は、包丁の持ち方から教えなければならなかった。大地みたいにゴボウを木の根っこだと思う人間も多い中、ちゃんと処理方法を心得ていて、しかもゴボウの灰汁を抜くために酢を使うことまで知っているなんて、翔平にとっては嬉しすぎるに違いない。

翔平は雲間から太陽が覗きでもしたかのように、ぱーっと顔を輝かせ、包丁部のロッカーに酢の瓶を取りに行った。

「ほらよ。これ使ってくれ」

「了解」

そして不知火は水を張ったボウルに酢を入れたあと、包丁の背を使ってゴボウの皮を剝き始めた。

ところが、その手つきがいかにもぎこちない。というかゴボウの皮剝き歴一年未満の大地が見ても、明らかに拙いのだ。

　これはもしかしたら……と思っていると、颯太がくくっと笑った。

「ねえ不知火君。君は正直だねえ」

「え？」

「やったことがないって本当なんだね。包丁もろくに持ったことないんだろう？　きっと家庭科の調理実習とかでも上手く他の子に押しつけちゃってたんだね」

「そのとおりです」

　知識だけはある。しかもふんだんに。ゴボウの剝き方も灰汁の抜き方も、きっと五目飯の作り方そのものもちゃんと知っているのだろう。でも、実際には一度も作ったことがない。だからこそ、いざ実践となったらこんなにぎこちなくなってしまうのだ。けれど、それを知った大地は、思わず大きく息を吐いた。何でも知ってるのに何もできない。そんな不知火のアンバランスさは、ちょっと可愛いと思えるほどだ。

　颯太のように何でも知っている人間がもうひとり、しかも後輩として入部してきたらただでさえ自信喪失している大地はぺっちゃんこになる。しかも颯太は料理の腕はそこそこだったけれど、不知火が翔平の期待どおりの熟達者だったら目も当てられない。大地は、不知火が『口だけ男』だったことを神に感謝したいぐらいだった。

あからさまにほっとしている大地と、もっとわかりやすく落胆しまくっている翔平の横で、優也が切り終わった具材を炒め始めた。気が弱くて人の陰に隠れてばかりのくせに、周りの状況をこれほど無視できる優也も、ある意味愛すべきアンバランスだ。

まともなのは翔平先輩ひとりだけだ、と思いかけて、大地は大きく首を振る。

この部長こそ、アンバランスの代表だ。高校三年生という遊びたい盛りの年齢で、女の子にゲームにパソコン、二次元アイドルにトレカ……その他あれこれ一切合切に無関心。料理への興味だけがこんなに突出してるなんて普通じゃない。包丁部は変人の集まりとよく言われるが、否定しきれないものがあった。

熱したフライパンに鶏肉を入れ、軽く炒めたあと野菜を次々に入れていく。それを見ていた不知火の口から不満そうな呟きが漏れる。

「おかしい……五目飯のレシピに具を炒めるなんて工程はないはずなのに……」

「工程にはないかもしれないが、このほうが旨くなるんだからいいじゃないか。それにあらかじめ炒めておけば、夏場でも多少早くから用意しておいても安心だしな」

夏の暑い午後、生肉を炊飯器にセットしておくのは不安なものだ。でも一度火を通しておけば少しは不安が減るだろう。下味をつけるために煮る場合もあるらしいが、炒めると鶏の脂も上手く回って風味が増すらしい。翔平の説明に不知火は、なるほどなあ……と至って素直に感心している。

ただの頭でっかちの屁理屈坊やというわけでもなさそうだ。

鶏の風味が増すかどうかは知らないけど、このシメジを炒めたときの匂いってのは……

大地は、キノコが焼ける香りはどうしてこうも暴力的なんだ……と、鳴りかける腹を必死で抑える。昼に大盛り弁当を食べてからまだ三時間ぐらいしか経っていないというのに……

「よし、優也。それぐらいでいいぞ。あとは麺つゆと酒で下味だ」

「はーい！　えーっと、量は……」

「米一合に麺つゆは一八ミリリットルぐらいだな。ただし、これはけっこう濃いめだから薄味が好きならもっと控えてもいい」

「なんで濃いめにするんですか？　翔平先輩ってもともとは薄味好みじゃないですか」

「濃いめに味をつけた五目飯は茶漬けにすると旨いんだ」

五目飯の茶漬け……それは素敵だ。炊きたての五目飯も旨いが、茶漬けも旨い。ちょっと気の利いた漬け物、たとえば紫蘇の実漬けでもあれば言うことなしである。

ぐ――――っ！

頑張って抑えていた腹が、もう我慢できないとばかりに盛大な音を立てた。

「大地、お前の腹は本当にこらえ性がないな！」

耳ざとく聞きつけた翔平が笑う。追い打ちをかけるように颯太も言う。

「ほんとだよ、入れるのも出すのも待ったなしだもんね」

「そう言わないでくださいよ。おかげで優也をゲットできたんですから」

「そうですよ。あのとき、大地先輩が雪隠詰めになってなかったら俺は包丁部に入れなかったんですから」

自分からここに来るなんて無理だった。翔平が勧誘に来てくれたからこそ今がある。そして全ては、大地が個室の中で優也と友人の会話を聞いていたことから始まったのだ。

「俺のこのストレートな腹が、役に立つこともあるってことです」

「たまたまだよ」

「偶然に決まってる」

翔平と颯太は相変わらずからかいの口調を崩さない。けれど、大地にはこのふたりが、包丁部が廃部の危機を免れて喜んでいることぐらいわかっている。さもなければ、翔平がこんなに饒舌なわけがなかった。いつもであれば、大地の腹の音を聞いても一瞥するぐらいでわざわざからかったりしないのだ。不安要因は多い。最低必要人数の五名が揃ったとはいえ、不知火に関しては可及的速やかにお引き取り願いたい人材で、彼に代わる誰かを確保する必要がある。部員たちのポケットから入部届とティッシュが消える日はまだまだ遠そうだった。

「まさか一番人気が天文部とはな」

「だったら優也の取り合いなんてする必要なかったのに」

　苦笑いで言葉を交わす翔平と大地を見て、優也がへへっと笑う。

「なんかちょっといい気分でしたけどね」

「よく言うよ、縋るような目で俺を見てきたくせに」

「まったくだ。だが一番迷惑したのは、覗きがばれた天文部の部長かもな」

「確かに」

＊

　新入生の体験入部期間は終了し、ミコちゃん先生のリストに名前が載っていた生徒も、みんなどこかに納まった。意外にも最終コーナーをトップで回ったのは天文部だったらしい。

　話を聞いたとき大地は一瞬、本来の趣旨を外れた天体望遠鏡の使い方がばれて、トカゲ以外のものを覗こうとしての入部ではないかと心配した。けれど天文部長はあれ以後、正しく天体観測だけに勤しんでいるようだし、彼らの入部目的は顧問による理科補習ということだった。

例のパッチワークと編み物が趣味だと言っていた生徒まで天文部に入ったと聞いて、彼はいったい天文部で何をするのだろうと気になりはしたが、これで仲代剛が優也にちょっかいをかける心配はなくなる。あとはよきに計らえ、という気分だった。

「にしても、ミコちゃん先生のリストは今年も大して役に立たなかったな」

翔平が首を振りながらそんなことを言う。大地に言わせれば、大して役に立たないどころか地雷を抱え込まされてむしろ迷惑だが、翔平や颯太にしてみれば部の存続が決まってやれやれこれでお役御免、というところなのだろう。

「どうせなら新入生のリストじゃなくて、辞めちゃった奴のリストが欲しいですよね」

「そうだなあ……それも一回頼んでみるかな」

「あるいはグラウンドか図書館で張り込むか？」

「それも一手だな。うまくすれば大地みたいなのがもうひとりゲットできるかも」

「俺は、俺みたいにやりたいことがやれなくなっちゃう奴が増えないほうがいいです」

大地がぼそりと呟いた台詞を聞いて、翔平と颯太が気まずそうに目を逸らす。上級生達の微妙な空気にきょとんとしている優也のために、大地は陸上を辞めて包丁部に入った経緯を話さざるを得なくなった。

大地は、こんな話を聞かされても反応に困るよな、同情されるのも嫌だし……と思いながら話し終えたが、優也の反応は同情とはかなり違ったものだった。

「確かに陸上に打ち込むことは素晴らしいことです。でも、やりたいことばっかりやってちゃ人間は成長しませんよ〜。学生時代はやりたくないことを我慢してやるためにあるんだぞうですよ」

「誰がそんなこと言ったんだ？」

「うちの親父です。親父はおばあちゃんから聞いたそうですけど」

「うちのばっちゃが言ってた、パターンかよ」

翔平は小さく笑い、颯太はなにやら感慨深げに頷く。

「心に沁みることって、たいていおばあちゃんが言うことになってるんだよね」

「でも、そう言われてみればそうなのかもな」

「学生時代ってやりたいことをやるものだと思ってたけど、逆も多い。いや、むしろ逆のほうが多い」

宿題も、テストも、部員勧誘も全部やりたくないリスト行きだ、と盛り上がる上級生に、今度は不知火がしたり顔で言う。

「やりたくないことばっかりやらされてる学校生活で、やりたいことを見つけられたら御の字ですよね。大地先輩はとりあえずそういうものを見つけた。身体を壊すほど無理してでもやりたいことなんて、そうそう見つからないでしょ？」

「そうですよ。俺なんてやるべきことは見つけられても、やりたいことなんてなんにも……」

しかもそのやるべきことが、妹の味覚障害阻止なんて洒落になりません、と優也は嘆く。

不知火は不知火で、いくら好きでも語源学の普及を、身体を壊してまでやろうとは思わないと言う。

「走るのが好きだったのなら、また走ればいいじゃないですか。競技に出なくても楽しみでちょっと走るぐらいできるでしょ？」

長距離をスピードを上げて走ることはできない。でも、スロージョギング程度ならできる。単純に走りたいだけならそれでもいいのではないか。きっぱり辞めてしまうことはないというのが優也の意見だった。

「だってさ。大地、どう思う？　俺もゼロか百かじゃなくてもいいと思うけど」

「そう言われればそんな気がします」

颯太の問いかけに、素直に頷けた。とにかく陸上が好きだった。好きで好きで一日中でも走り続けていたかった。だからこそ、もう選手としては通用しないとわかったときは絶望した。競技に出なくても走ることはできるという優也の意見に、目を開かれる思いだった。

「それにさ、もし今でも大地が陸上を続けてたらここにはいなかった。お前は何でも一生懸命やるし、レシピの研究にだって熱心だろ？　やむを得ず入ってきたのに……って感心した。必要に迫られて入ったのは同じだから、俺も頑張らなきゃ、って思わされたよ」

「大地は何でも真剣にやる癖がついてる。颯太もちょっとは見習え」

「了解。ま、ということで、また大地みたいな転身君に希望を与えるために我々は頑張るべし、ってことだね」

颯太の言葉に、俺たち、そこまで偉いのか？　と首を捻る翔平。偉いんですよ、と胸を張る不知火。どうでもいいや、の優也。今日も包丁部は長閑です、という感じの放課後だった。

第四話

魅惑のクロテッドクリームもどき

「うお――――っ！　え……げ――――っ!?　マジかよ――――!!」

放課後の調理実習室で、携帯でメールを確認していた翔平が声を上げた。

翔平は普段から感情表現が極めて地味な男である。その彼にまったく似つかわしくないオーバーリアクションに、部員たちは何事かと振り向いた。颯太がからかい交じりに訊ねる。

「どうした？　とうとう追試でも食らったか？」

「追試連絡がメールで来るほどうちの学校はハイテク化されてねえだろう。だいたい、俺は追試食らうなんてへまはしない。大地じゃあるまいし」

「俺だって最近はご無沙汰ですよ！」

「そりゃよかったね。追試ばっかりで包丁部の活動に支障が出るなんて、情けなさすぎるもんね」

去年の大地はひどかったよねえ、と颯太はまたしても痛い過去を持ち出す。優也は優也で、なぜか嬉しそうに言う。

「え、大地先輩、追試常連組なんですか？」

「だった、と言え‼」

「追試って言うのは『後悔先に立たず』の典型例ですねえ……」

「不知火、無理やり諺に絡めるのはやめろ」

一年生ふたりにまでいじられて、大地は思いっきりふくれっ面になる。

これでも、教師やクラスメイトを捕まえて質問しまくったり、参考書にかじりついたりして頑張っているのだ。おかげでわずかながらも成績は上昇気味。前の定期テストではとうとう追試科目一個もなしという偉業を成し遂げた。我ながら『やればできるじゃん、俺！　隠したことさえ忘れきってた爪を遂に発見したか⁉』なんて思っていた。それなのにこの言われようはない。

だが、とりあえず今はそれについては放置。問題は、心ここにあらずになっている翔平だった。

「で、翔平先輩。本当のところ、どうしたんですか？」

「弁当男子コンテストの予選通った……」

弁当男子コンテストというのは、文字通り、男子が作った弁当の出来映えを競うためのコンテストで、毎年夏に開催される。対象は高校生と大学生のみで五月の予選を通過すると、六月の本選に参加できる。翔平は昨年もエントリーしていたが、残念ながら予選通過ならず、今年こそは！　と勇んで参加したのだ。

その結果が先ほどメールで来て、期待いっぱいで確認してみた翔平が快哉をあげたというわけだった。

「それはめでたいじゃないですか！　トロフィー、賞状、一切無縁の包丁部がとうとう脚光を浴びる日が‼」

一番新参のくせに、不知火がやけに喜んでいる。こいつの権威主義にも困ったものだ、と思いながら大地も喜びを隠せなかった。

「よかったですね、翔平先輩！　でも、それならなんで、そんなに困ったちゃんな顔してるんですか？」

「それがなあ……」

言葉を濁す翔平を見て、颯太がはっとしたように翔平の携帯を覗き込んだ。

「おい、翔平。この本選の日ってもしかして……」

「大当たり。末那(まな)高祭、つまり我が校文化祭の一般公開日と丸被(まるかぶ)りだ」

「ちょ……翔平先輩がそっちに行っちゃったら、俺たちどうなるんですか⁉」

にわかに優也が不安そうな様子になった。

なんと言っても末那高祭は文化系クラブの見せ所である。特に包丁部のように食べ物に関わる部活にとってデモンストレーションができると同時に、小銭を稼ぐ絶好の機会。乏しい活動費にどれほど上乗せできるかは、この日にかかっている。

例年、翔平の采配で活動費を稼いできた包丁部にとって、彼が欠席というのは相当な痛手……というよりもほとんど丸腰に近い状況だった。

「かといって、本選をパスするってのも、もったいない話だしなあ……」

颯太は板挟みになっている翔平を気遣うように言う。責任感の強い翔平のことだから、このままでは本選を放棄して末那高祭に参加すると言いかねない。翔平がどれほど弁当男子コンテストに力を入れていたか知っている颯太だからこその発言だった。

「もちろんですよ。せっかく予選を勝ち抜いたんですから、是非とも入賞してもらわないと……」

不知火の本意はあくまでも入賞らしいが、翔平を応援する気持ちに嘘はない。大地にしても、優也にしても、翔平に頑張ってほしいという気持ちは同じだった。

「だが……」

「大丈夫だよ、翔平。部員は残り四人もいるんだし、俺たちで何とかするよ」

安心して本選に行って力一杯戦ってきて、と颯太は翔平の肩を叩く。

颯太の言葉に、後輩たちが大きく頷いた。不安はいっぱいだったが、弁当男子コンテストに向けてずっとレシピ開発に励んできた翔平のためにも、後は任せてください、と送り出すしかなかった。


それからしばらく、翔平は弁当男子コンテストの参加準備をするとともに、文化祭用のメニュー考案にも勤しんでくれた。自分が参加できないことを考慮して、残りの四名でも無難に作れ、なおかつよく売れるようなレシピをたくさん提案してくれたのだ。

示されたレシピを熟考し、これなら何とかなりそうだ、とメニューを決めた頃、新たな問題が持ち上がった。

「やばい。俺も文化祭当日、出られなくなりそうだ……」

微妙に眉間に皺を寄せながら、調理実習室に現れた颯太がそんなことを言った。

「どうして？　まさか月島先輩まで、弁当男子コンクールの予選突破したわけじゃ……」

「んなわけないだろ！　参加もしてないのに通るわけがないじゃないか」

「参加してたら通るような口ぶりはやめてください。どう考えても月島先輩には無理です」

「不知火、お前って本当に失礼だね」

「正直だと言ってください」

「不知火、いい加減にしろ」

颯太とやり合っている不知火をひと睨みして、翔平は改めて訊ねた。

「で、颯太。本当は何があったんだ？」

「六本木を歩いてたらスカウトされて、その日はカメラテストに……」

「そりゃあ、よかったな！　さあて、大地、今日は何を作るんだったかな？」

翔平はこれ以上聞くに及ばぬ、とばかりに活動開始を宣言する。下級生三人も、あほらし
……という顔になった。慌てて颯太が止めた。

「冗談だよ、冗談！　ちょっと言ってみたかっただけじゃないか」

「ふざけんなよ。マジで末那高祭がやばいのかと思って慌てただろうが！」

「ごめん。でも、当日参加できないっていうのは本当なんだ」

これでも一応受験生なんで……と颯太は今までとは打って変わった真面目な顔で言った。

なんでも弁論大会が末那高祭当日に当たってしまったのだという。

「弁論大会⁉　なんだって受験生がそんなものに参加してるんですか！」

思わず大地はのけぞった。原稿を作るだけでも大変な上に、それを丸ごと暗記するなんて
人間業じゃない。そもそも生徒会長になって人前で派手にスピーチするなんて颯太に似合わ

ない。彼はもっぱら暗躍するタイプだ。それなのに颯太はしれっと答える。

「受験生だからこそ、だよ。実は俺、AO入試狙ってるんだ」

「えーおー入試ぃ⁉　あれって一芸入試っていわれてる奴じゃないか。颯太、お前にそんな芸があったのか？」

次にのけぞったのは翔平だった。本日の包丁部は、まるでイナバウアー特訓中のスケート部のようである。

「その一芸を何とかしようと思ってさ。弁論大会優勝、とかちょっといけそうじゃないか」

甘いんじゃないかなあ……と不知火が呟く。

「一芸入試っていうのは昔の話ですよね。今は、学力だって求められるし、人格だって……」

「不知火、お前、俺の人格に不満でもあるの？」

「そうは言ってません。でもまあ、入試のためだっていうなら仕方ないですよね。月島先輩は弁論大会へゴー。となると……」

不知火は何事かを考え始めた。それを不安そうに見た優也が、大地にこっそり囁いてくる。

「大地先輩、あいつ、まさか牛の解体ショーとか言い出しませんよね？」

「え、なに？　牛がどうしたって？」

隣にいた大地にさえ、聞こえるか聞こえないかというぐらいの小声だったのに、なぜか不知火はちゃんと聞き取ったらしい。よほどの地獄耳か、さもなければ『牛』という単語に執着がありすぎるのだろう。どっちにしても面倒くさすぎる……。

「なんでもないよ。優也は、うし……ろ髪を引かれる思いだろうな、って言ったんだ」

ナイスフォロー、と優也がまた囁いた。不知火は疑わしそうな目で見ていたが、とりあえず『牛』の話にはならなそうだと諦めたようだった。

「颯太がいればなんとかと思っていたが……大丈夫か、大地？」

翔平は、やっぱり弁当男子コンテストは諦めよう、俺は別にＡＯ入試を狙ってるわけでもないし……とため息をついた。そのため息の深さに翔平の無念が滲(にじ)み出ていて、大地はいたたまれなくなってしまう。

「翔平先輩、諦めるべきは末那高祭のほうです。それに、末那高祭でこけても、翔平先輩が弁当男子コンテストで入賞でもしてきたら、来年の部費はだばーっと増えるかもしれないし」

「あ、じゃあ俺が弁論大会入賞とかしても……」

「颯太先輩、残念ながら、たとえ優勝したとしても弁論大会じゃ包丁部の部費増には繋がりませんよ」

畑違いもいいところ、包丁部の活動とはまったく関係ない、と優也が言い、不知火も同調する。

「そうそう。そもそも優勝なんてあり得ないし、弁当ならともかく弁論じゃねえ……」

「不知火！　お前はさっきから本当にー！」

「はいはい、そこのふたりはちょっと黙っててください」

またしてもバトルになりそうな颯太と不知火にドローを宣告して、大地は再び翔平の背中を押す。

「健闘を祈ります！　是非とも入賞して部費を増やしてもらいましょう！」

「それぐらいで部費が増えたら苦労はない」

翔平は、うちは公立高校なんだから部活にさける予算なんてたかがしれてる。あの『出たら入賞』の強豪運動部連中ですら、部費が足りなくて持ち出しばっかりだって嘆いてるぐらいだ、と渋い顔になる。

「じゃあ、もしだめだったら野草料理でも極めましょう！　それなら大して材料費もかかりません！」

大地の一言がツボにはまったらしく、颯太が笑いの発作に襲われた。

「や、野草って……だ、大地、お前、本格的に草食系男子になるつもりなのか？　草食系男子が作る野草料理～!!」

　ほっといてくれ、と叫びたくなった。

　人がせっかく、ふたりが当日欠席しやすいように援護射撃をしているというのに、何だってこんなに笑われなくちゃならないんだ、と大地は不本意でならなかった。

「野草料理は先に送るとして、今は三年生抜きで末那高祭を乗り切ることを考えないと！　俺たちだけでも何とかなりそうな料理を探しましょう！」

　優也の珍しく強い調子の発言に、部員たちは『おお』と目を見張りながらも調理実習室にある料理本を片っ端からめくり始めた。颯太はスマホを駆使して、料理サイトを巡る。

「簡単で、見栄えがよくて、なおかつ女子受けしそうな……」

「ちょっと待て、颯太。うちは男子校だ。なんで女子受けとか考えてんだ！」

「ばかだな、翔平。普段ならともかく、一般公開だぞ。女子受けを狙わずしてどうする！　可愛い女の子がわらわら来てくれたら、自動的に男どもがついてくる」

「うちの部をナンパ会場にする気か！」

「将を射んと欲すればまず馬を射よ、って言いますよ？」

「おお、不知火くん、そのとおり。たまにはいいこと言うんだね！　付け加えれば、勝てば官軍って言葉もあるよ。どんな方法であろうと儲けたほうの勝ち。何より、むくつけき男どもよりも可愛い女の子に食べさせるって考えたほうが、作るほうだって楽しいじゃないか」

おしゃれなスイーツを作って、レースのテーブルクロスとか敷いちゃったりして、となんだか颯太はやたらと楽しそうだった。きっと頭の中に広大なお花畑が出現しているに違いない。

その証拠に、颯太はその女子があふれるおしゃれなティータイム風景に、自分自身は参加できないことをすっかり忘れ去っていた。

大地は颯太の脳天気ぶりに呆れたが、一年生ふたりはあっという間にお花畑に飲み込まれてしまう。

「……一理ありますね」

「花より団子っていいますけど、団子食ってる花を丸かじりって言うのもなかなか……」

「おまえらは――――!!」

もうちょっと真面目に料理に取り組め！　と翔平が叱り飛ばす。だが、残りの四人は翔平ほど料理オタクではない。男子校なんて環境にいるのだから、興味が外の女の子に向くのは仕方がないだろう。この際、女の子目当てであろうが、なんであろうが、目的を達成しさえすればいい。動機なんて関係ないのだ。

「いいじゃない。たまにはどか盛りの野獣飯以外のものを作ったって」

「やじゅうめし～⁉」

颯太が口にした『野獣飯』という言葉を聞くなり、翔平が絶叫した。

これまで包丁部が手がけてきた料理は、味はともかく、量に関しては大盛りを通り越してどか盛り。もっぱら男子高校生の腹を満足させることに主眼を置いてきた。

食事の目的は『腹を満たす』ことにある。いくら旨くても、なんだか食った気がしない……では話にならないという翔平の考え方からだった。もちろん、大地たちも異論などないけれど、盛り付けられた料理を見る限り、それは確かに『野獣飯』と呼ぶに相応しかった。

「とにかく、スイーツ系なら作り置きもできるし、そっち方面を強化する方向で考えてみようよ」

「甘ものなんて包丁使う機会がないじゃないか！」

颯太の結論づけに、翔平が異議を唱えた。

不知火は、『甘もの』なんて平成の高校生が使う言葉じゃありませんね、と呆れたが、翔平の前時代的な言葉遣いなんて慣れっこの颯太は、平然と答える。

「なに言ってんだよ。チョコレート刻んだり、バター切ったりするし、フルーツの飾り切りだってやるかもしれないぞ」

「そういうことじゃない！」

「じゃあなにさ。切るってことに変わりはないじゃない」

「お前、包丁を舐めてるのか？」

「そんなの舐めたら、舌が切れるじゃん」

にわか漫才みたいになってしまった三年生ふたりを見て、不知火が喜色満面で言った。

「そこまで包丁を使うことにこだわるなら、いっそ牛……」

「いや、まて、不知火、俺が悪かった！　甘も……いや、スイーツにしよう！　俺の手入れの行き届いた包丁なら、チョコレートだろうが、果物だろうが滅多切り間違いなしだ！」

翔平は慌ててそう叫んだあと、直ちに女の子仕様を承認した。とにかく不知火が包丁の語源に言及することを阻止したかったに違いない。

わたわたと今度はデザート関連の料理本をめくり始めた翔平を見て、大地は思わず天井を仰ぎたくなった。


落ち着け、翔平先輩。チョコレートや果物を滅多切りにしてどうする。そんなのまったくスイートじゃないし、せっかくのお花畑が目茶苦茶だ……

それにしても不知火って、ほんとに人騒がせな奴。颯太先輩には茶々入れまくるし、翔平先輩の鉄壁の平常心すら行方不明。こいつのせいで言論規制食ってるようなものじゃないか……。しかもなんでこいつ、肉料理の本とか読んでんの？　スイーツだって言ってるじゃないか！　とにかく、こいつには早々にお引き取り願わなきゃ……。そのためには、文化祭で思いっきり包丁部の楽しさをアピール！　そして新入部員ゲットだ！

大地は、料理本の牛肉の部位表をにやにやと眺め続ける不知火を見て、決意を新たにした。

＊

「なんかこれ、固すぎじゃないですか？」

「うーん……おかしいなあ。レシピ通りに作ったはずなんだけど……」

放課後の調理実習室で、大地と優也は首を傾げていた。

目の前にあるのは白と黒の生地を重ねた格子模様。いかにも女子が好きそうなバターたっぷり、砂糖たっぷりのアイスボックスクッキーだった。黒の部分にはこれまたたっぷりのココアが使われていて、ほのかな苦みでしつこくなりがちな甘さを和らげている。

レシピによれば、口の中に入れたとたん、ほろりとくずれるようなクッキーができあがるはずだった。それなのに、オーブンから出てきたものは、せんべいもかくや、と思いたくなるようなハードボイルドクッキーだった。

「なんでこんなに固くなっちゃったんでしょうねえ……」

「やっぱり、こねすぎたのが悪かったのかな」

小麦粉生地はコシを出してなんぼ！　という信念に基づき、バターと砂糖を練り込んだ生地を力任せにこねた。これがうどんや蕎麦ならさぞや素晴らしい出来になったはずだが、作っていたのはクッキー。ここまでグルテンに頑張らせたのは大失敗だったようだ。

「しょうがない。優也、これ、持って帰っていいぞ」

「えー……こんなに歯に悪そうなのいりませんよ」

「逆だ。若いうちから柔らかいものばっかり食ってたら、歯周病になるぞ。八〇歳まで自分の歯でものを食いたかったら、今のうちから固いものを食っとけ！」

「じゃあ大地先輩どうぞ。大地先輩のほうが、年上なんですから、歯茎だって年をとってるはずです」

「俺は元アスリートだぞ。歯を食いしばる力には自信がある」

「それこそ逆です。無駄に食いしばっても歯茎に負担をかけるだけです」

「どうでもいいけど、さっさと作り直したほうがいいと思いますよ」

あまりにも冷静な不知火の指摘に、大地も優也も鼻白んでしまう。それでも正しいのは彼に違いない。ふたりは、渋々また材料を用意し始める。

「えーっと、薄力粉をふるう、っと。そういや、ふるいはどこいった？　もう面倒だから味噌こしでよくね？」

「だめですって！　ちゃんと目が細かいやつを使ってください」

「でも、さっきそれやったら、やたら時間かかったじゃないか」

「途中で放棄したくせに。最後までふるったのは俺ですよ」

「いいねえ……後輩がいる包丁部！　ブラボー！」

「勘弁してくださいよ、大地先輩」

そもそも、その『先輩』って響きがいいよなあ。陸上やってた頃は後輩にまとわりつかれるなんてうるさいだけだと思ってたけど、ひとりもいなくなってみると、やっぱりちょっとつまらない。

面倒を見てやるとか、嫌な仕事を押しつ……いやいや、厳しく指導してやるのが『部活』の醍醐味。うちもやっと部活らしくなってきたって感じだよな。

本日の活動に参加しているのは、大地、優也、そして不知火の三人のみ。三年生二人組は、進路指導説明会とやらで午後からずっと体育館に詰め込まれている。

終了予定時刻は午後四時半、ってどれだけ長い説明なんだ、と大地はうんざりする。

いくら懇切丁寧に説明してくれたところで、やる気のある生徒はそんな内容はとっくに自分で調べているし、やる気のない生徒になにを言っても右から左。戦艦ゲームや妖怪狩り、あるいは『可愛いあの子』でいっぱいの頭に、『豊かな未来への道標』を突っ込めなんて無理難題すぎる。

来年の今頃は自分もそこに座らなければいけないと思うと気が重くなるが、うっかりするとすぐに存在を主張するグルテンとの戦いも勘弁してほしい。

だいたい『練らずに、切るように混ぜる』ってどういうことだ。混ぜると練るは同じ動作じゃないか！　と吠えたくなってくる。切るように、は不知火が得意かもしれないが、本人は小麦粉と砂糖には一欠片の興味も持っていない。

「もういっそ、スイーツは諦めて、小麦粉粘土教室とか開いたらどうだろう？」

それなら練り放題、こね放題だ、と言い放った大地に、不知火が面倒くさそうに言う。本日の彼は材料調達係で、買い出しから帰ったあと、俺は実技なんてさっぱりですから、とりあえずレクチャーしてください、と見学を決め込んでいた。

「子どもばっかりになりますよ。それじゃあ、女の子に来てほしい月島先輩はがっかりですし、野郎どもも釣れません」

「いいじゃないか。粘土で遊びたがるようなちびガキには、親がくっついてくるだろう。颯太先輩なら熟女も守備範囲かもしれない」

「熟女……ありかも……」

「颯太先輩は当日いません！　だからこそ苦労してるんじゃないですか。それにその辺でやめないと、また超合金クッキーになっちゃいます！」

馬鹿話をしながら生地を混ぜ続けていた大地は、優也に叱られ、あわてて生地をまとめてラップフィルムに包む。どう考えても生地の感触はさっきの失敗作と変わらない。おそらくまた、歯茎を鍛えまくるクッキーとなることだろう。

そんな大地の予想通り、できあがった二回目のクッキーも悲惨なものだった。

グルテン大活躍もさることながら、固くなる原因は焼きすぎにもある、と察した部員たちは、オーブンのタイマーを若干短めにセットした。結果、クッキーは柔らかく焼き上がり……といいたいところだが見事に生焼け。時期尚早か！　とばかりにオーブンの中に再突入させ、調理実習は片付けが終わるまでが調理実習です、なんて調子良く洗い物をしていたら、今度は黒焦げ。

歯茎を鍛えてくれる上に、漢方薬の代わりも務められそうな物体になり果てた。もはや『スイーツ』の要素は微塵もない。

「まあ、この三人というのが無理すぎですね」

　という不知火の評価はまたしても大正解だった。

「でも、実際この三人でやるしかないんだよな」

「どうしてですか？　スイーツに決めた理由のひとつは、作り置きができるから、ってことでしたよね。当日は無理でも、前日なら翔平先輩と颯太先輩にも手伝ってもらえるでしょう？」

「甘いねえ、水野君」

　不知火が人差し指を左右に揺らした。彼は未だに部員たちを名字で呼ぶ。こちらも彼を『不知火』と呼んでいるからお互い様だし、優也のようにべったりと部に馴染まれても困る。一線を画していただくのは大いに結構だった。

　ともあれ、不知火は優也よりは状況をきちんと把握しているようで、優也の問いにいかにも困ったといった様子で答えた。

「弁当男子コンテスト本選会場は大阪。午前中から始まるし、準備もあるから現地には前日に入らなきゃならない」

「そうか……。あ、でも颯太先輩の弁論大会は都内だよね？」

　それなら前日から泊まりがけで行く必要はない、と優也は嬉しそうに語る。このお坊ちゃんは、『スイーツを作る』という課題には真剣に取り組んでいたが、それ以外に関してはやっぱり呑気としか言いようがなかった。

「弁論大会の前日に、調理実習室に籠もってクッキー焼いてる余裕なんてあるわけないだろ。颯太先輩なんてAO入試狙いの、にわか参加だぞ。原稿と首っ引きで頭に文章突っ込むか、先生を追いかけ回して鬼リハーサルに決まってる」

「そんなあ……じゃあ、もっと早く作っちゃいましょうよ！　クッキーなら日持ちするでしょ？」

「そりゃあこの歯茎を鍛えるタイプか漢方薬まがいのクッキーなら日持ちもするだろうけど、普通はどんどん劣化するよ」

不知火のこの指摘はさすがにナンセンスだと思った。一ヶ月とか二ヶ月前から作り置くというのなら話は別だが、せいぜい一週間のことである。それで劣化がわかるほど、末那校生の舌は鋭くない。特に運動部の連中なんて、鞄の隅から発見された、いつのものだかわからないような菓子パンやクッキーを平気で食ってしまう輩ばっかりなのだ。獣的な本能で身体に悪影響があるほどの劣化は敏感にかぎ分けるが、それ以外には頓着しそうにもない。

そんな大地の意見に、不知火はしれっと言い放った。

「全部が全部そんな奴ばっかりじゃありません。しかも、今回の俺たちのターゲットは女子ですよ。スイーツに関しては知り尽くしてるし、舌も肥えてます。おまけに奴ら、暇さえあれば誰かをこき下ろすネタを探すのに一生懸命なんですから『やだ、このクッキー脂くさーい！　絶対古ーい！』とか叫び回って、おまけにＳＮＳやらメールやらで飛ばしまくって……」

「不知火……やけにリアルだけど、それって経験談？」

「とにかく、作り置きには絶対反対です！　スイーツは焼きたて重視です」

優也が速攻で入れた突っ込みを完全に無視して、不知火の力説は続いた。挙げ句の果ては、大げさすぎると信じようとしない大地と優也に、実験まで申し出た。

「そこらでクッキーを調達してきてください。同じ種類のものなら確実に製造順に並べてみせます」

まさかとは思った。だが、不知火のあまりにも真剣な眼差しに根負けした。というよりも、どうせクッキーの製造順なんて当てられるわけがない。特に普通に売られているものなら味なんて統一されているに決まっている。散々クッキーの生地をこね回したおかげで腹も減ったし、できあがったのは食うに食えないものばかりで、まともなクッキーにお目にかかりたい気分は急上昇。それでこいつが納得するならクッキー食い比べ上等だった。

「よし。じゃあ優也、ちょっとそこらのスーパーとコンビニ、二、三軒回ってこい」

「了解！　俺の好きなのでいいですよね？」

「どこにでもあるやつにしろよ！」

かくして、不知火零士によるクッキーの食い比べが催されることとなった。

優也が走り回って買い集めてきたクッキーは一般的なチョコチップクッキーで、大手製菓会社によるものだった。スーパー、コンビニ、百円ショップに至るまでこのクッキーが棚に置かれている確率はかなり高い。優也はそのクッキーの箱を散々ひっくり返して、製造日が違うものばかりを五箱も買い込んできた。

「なにもこんなに買わなくてもいいだろう」

「念には念を入れないと……」

うひひひ……と嫌な笑いを浮かべながら、優也は買ってきたクッキーを一枚一枚取り出す。

皿の縁に番号、裏にそれぞれの製造日が書かれた小さな付箋を貼り、不知火の前にずらりと並べる。買ってきたのが五箱だったのに皿が六枚あるところを見ると、同じものが二つ入っているのだろう。見事な『念の入れよう』であった。

どうせ当てられっこないのに、何でここまでするのかな。こいつは意外と性格が悪いのかもしれない……

まあいい、勝手にやってろ。とりあえず俺はまともなクッキーを食う！　と残っているクッキーに手を伸ばそうとしたところで、優也に止められた。

「せっかくだから、大地先輩も一緒にやってください」

「俺は典型的馬鹿舌だよ。判別なんてできっこない」

「やってみなきゃわからないじゃないですか！　どうせ食べるならついでにレッツトライ！」

「意味がわかんねーよ！　俺は普通にクッキーが食いたいだけだ！」

「普通に食っていいですよ。別にフルマラソン走りながら食えなんて言ってません」

「給水所にこんなクッキーが置いてあったらむせるわ！」

「カロリー高くて良さそうなのに……」

大地が優也の性格の悪さを確信するような会話を展開している横で、不知火は黙々とクッキーを食べ続けていた。一枚のクッキーを半分に割り、さらにその半分を口に入れる。ゆっくりと咀嚼(そしゃく)し、口の中全体で味わったあと、手元に置いたメモ用紙に何かを書き付ける。次に移る前には、グラスの水を飲み、口の中を洗う。まるで一流ソムリエのような不知火の姿に、優也と大地は会話をやめてつい見入ってしまうほどだった。

しばらく無言で見つめたのち、優也が口を開いた。

「あいつ……もしかしたらすごくいいとこの坊ちゃんなのかもしれません……」

「あの空気が読めないところとか、変にこだわりの強いとことか？」

「空気が読めないというか、読む気もないいんですよね、あいつは。だとしたら、部活のひとつぐらい簡単に作れるって考えるのも、妙に食い物の味にこだわるのもわかる気がします」

「やりたい放題、いいもの食い放題で育った？」

「そんな感じに見えませんか？　クッキーやケーキだっていつも焼きたてばっかりで」

「だからこそのこだわりか。うーん……ありうる」

ひそひそと会話を交わす大地と優也を気にも留めず、不知火は悠々と試食を終えた。

「僕の結果は出ました。勝山先輩もどうぞ」

不知火の挑戦的としか言いようのない目つきに、元アスリートの血が燃えた。

こう言ってはなんだが、陸上部時代、挑まれた勝負から逃げたことなんてない。かつてライバル選手に、スタートラインで言われたことがあった。

『故障したんだってな。ま、今日は楽勝だな』

かっとした大地は、無理をしないことを前提に出走したにもかかわらず全力で走った。そしてライバル選手よりも先にゴールインしたのだ。

もっとも、あのレースで無理したせいで、俺の膝は再起不能。陸上部をやめることになってしまったのだから、負けたのは俺のほうかもしれない。それでも俺は、スタートラインであんな風に見下されて、黙って引き下がれるほどおとなしい男じゃない。陸上をやめたって、負けん気の強さがなくなるはずがない――

不知火の眼差しが、あのとき並んだ選手と重なる。クッキーの試食で負けん気出してどうするとは思うが、こればっかりは天性だから仕方がない。不知火はなぜだか自信たっぷりの様子だが、どうせこけおどしだろう。馬鹿舌の自覚はあるが、昔から勘はいいほうだ。こいつの鼻っ柱を折れる可能性はゼロじゃない。

そして大地は、テーブルの前にどっかと腰を下ろし、六枚のクッキーに挑んだ。

不知火の示した製造日順は五、三、四、一、二、六。但し、一と二は同日、と指摘している。

対して大地のほうは五、一、二、四、三、六。どれとどれが同じかなんて見当もつかなかった。

「すげえ……」

皿を裏返して製造日を確かめた優也が絶句した。不知火が示した製造日順は見事に正解、一と二が同日というところまでぴたりと当てていた。

「本当に当てやがった……」

「でも大地先輩も二つは当たってるし、一と二が続いてるというのも正解に近いです。いやあ俺、大地先輩はひとつも当てられないかと思ってました」

　優也は極めて失礼な褒め方をし、不知火は思いっきりしたり顔になる。

「ほらね。馬鹿舌を自覚する大地先輩ですら、一番古いのとそうじゃないのは判別できたんです。だったらスイーツに舌の肥えた女子が気づかないわけがありません！」

　全部勘だ！　当てずっぽうなんだ！　と叫んだところで後の祭りだった。だが、冷静に考えてみると、六枚のクッキーは風味に微妙な差があった気がする。もしかしたら、包丁部で翔平に鍛えられるうちに食べ物の味に敏感になったのかもしれない。

「保存料やらパッケージやらで風味を保つための処理が万全のものですら、古いものはわかるんです。手作りなんて言うまでもありません。風味も落ちるし、バターたっぷりだから酸化も早い。作り置きは絶対反対です。包丁部はプロとまでは無理でも、セミプロぐらいの気持ちを持つべき。劣化したクッキーなんて論外です！」

　拳を握って主張する不知火に反論できるものはいなかった。さらに大地は、作り置きをするわけにいかないもうひとつの理由を思い出した。

「作り置きしようにも、文化祭のときはいつもみたいにうちが調理実習室や冷蔵庫を占領するわけにはいかないんだった」

末那高文化祭で食料関係の模擬店を催すクラスは多い。食品衛生の見地から、調理は調理実習室で、と決められているため、文化祭開催間近になると、試作や準備で調理実習室は奪い合いとなる。バターや牛乳といった材料を入れておく冷蔵庫だって大きさに限りがある。

「普通は部活優先だろうに、なんだってうちの学校は……」

「うちは弱小部だからしょうがないですよ。五人しかいない包丁部より、一クラス四十五名が優先されるのは当然です」

「不知火、お前は本当に……」

大地は思わず颯太のような台詞を吐いてしまう。

出たな忍法『やる気追放の術』。こいつを使わせたら不知火の右に出るものはいない。正論には違いないが、こんなことを言われてしまっては、やる気は永遠に行方不明、あきらめ軍に基地占領されて、ゲームオーバーである。包丁部から追い出す前に、一度でもいいからこいつが大慌てで何かに必死になるところを見てみたいと思ってしまった。

「どっちにしても、このクッキーはやばすぎます」

作り置き云々以前に、商品の体をなさない、と優也は言う。

「やばいのはクッキーすらまともに作れない僕たちだと思いますけどね」

　おそらく、クッキーというのはスイーツの基礎中の基礎だ。計量が命といわれるお菓子メニューの中で、唯一、適当に材料をぶち込んでもなんとかなるものだと聞いたことまである。そのクッキーすらこのていたらくでは、致命傷どころか即死だった。

「どうしたらいいんだ……」

　大地は調理台を呆然と眺める。あっちに歯茎強化用、こっちに漢方薬……その間に、ふるい損ねた小麦粉がちらばっている。まさに死屍累々である。いっそ潔く全軍を撤退させて、今年の文化祭は包丁部は不参加です、と言ってしまいたくなった。だが、さすがにそうはいかなかった。

「やーっと終わった！　クッキーはできたか？」

　やれやれと言わんばかりに入ってきたのは翔平だった。すぐ後ろに颯太もいる。

　ふたりはテーブルの上の『クッキーになりたくなかった小麦粉たち』とその周りに座り込んで途方に暮れる後輩三人を見て、事情を察したらしい。

「食べ物で遊んじゃいけませんってあれほど……」

「颯太先輩。俺たち、今、そういう冗談に乗れる気分じゃありません」

　テーブルに突っ伏したまま答えた大地に、今度は翔平の小言が降る。

「冗談じゃない。素直な感想だ。いったいどれぐらいの小麦粉を無駄にしたんだ」

「無駄じゃありませんよ。優秀な歯固めです。歯が生え始めて痒がってる赤ん坊なら大喜び。将来の歯茎のために、翔平先輩も一枚いかがですか？」

「いらん！」

「どっちにしても、クッキーは惨敗ってことだね。で、ほかのものにしようとレシピ本をあさってるところ？」

「そのとおりです。ところで颯太先輩、このレシピ本って表紙で選びませんでした？」

「おー鋭いな、大地。可愛い子ばっかりだろう？　特にこの……」

そう言いながら颯太は一冊の本を取り上げた。そのタイトルはさらに大地から力を奪う。

「『どじっ子でもできる簡単スイーツ』？　……俺はどじっ子が作ったもんなんて食いたくありません」

「でもまあ、どじっ子でも作れるなら俺たちにだって作れそうなものだな……」

不知火がそんなことをつぶやきながら、表紙の「てへぺろ」状態の女子に目をやった。そんな不知火を、翔平が渋い顔で諭す。

「絶対にやっちゃいけない失敗をするのがどじっ子ってものじゃないのか？　料理でそれをやったら致命傷だろう」

大地は、俺たちが作るものは致命傷どころか即死なんですけどね、とのどまで出かかった台詞を飲み下す。ここに至った過程を懇切丁寧に説明するなんてまっぴらだった。

「女子受けしそうで、大地たちにも作れそうなもの……」

翔平が、念仏のように唱えながらページをめくり始めた。

「お前たちのレベルに合わせるのは大変だな……その上、作り置きもだめとなると……いや待てよ、いっそ作り置き大前提って考え方もありか？」

「どういうことですか？」

優也が不服そうな顔で言った。実験で作り置きはだめだってことになったばかりなのに、とでも言いたいのだろう。そんな優也を、片手で制し、翔平は説明を続けた。

「ヨーロッパのクリスマス用のケーキなんかは、寝かしたほうが旨くなるらしいぞ」

「そういえば……。パウンドケーキとかブランデーケーキとかも少し置いたほうが味が馴染むし、しっとりするって聞いたことありますね」

それならば前もって作って寝かせておけばいい。ブランデーケーキやパウンドケーキならば、室温保存が可能だから冷蔵庫を占領することもない、と翔平は言った。

「なんだ、じゃあ俺たちがこんなに悩む必要なかったんじゃないですか……」

「でもねえ……」

大地がほっとしたのもつかの間、颯太がちょっと難しい顔になった。

「俺の情報網によると、三年五組がカフェをやるらしい。そのメニューにやっぱりパウンドケーキが入ってる」

「げ……よりにもよって五組かよ！」

翔平ががっくりと首を垂れた。訳がわからない後輩三人は、翔平と颯太の顔を交互に見る。

「三年五組がどうかしたんですか？」

「お前ら、五組の噂聞いたことないのか？」

「五組って言ってわからなければ、末那高イケメンクラスは？」

「あ――――っ!!　あの色物軍団!!」

優也が真っ先に声を上げた。

三年五組はイケメンクラス。それは末那高の伝統だった。なぜそんなクラスが存在するのかは不明だが、とにかく代々三年五組には顔面偏差値が高い生徒ばかりが集まる。三年五組に入るということだけで八割方イケメン認定だった。そして優也の言うとおり、学業が本分の高校生でありながら、ルックスだけを評価されている三年五組の面々は『色物』に間違いなかった。

イケメンは一日にしてならず、という言葉があるかどうかは定かではないが、彼らは高校生になる前からずっと、少なくとも中学生の段階では既にイケメンだった。ということは、当然もてる。もてるということは女子の扱いにも長けていて、接客をやらせてもそつがない。そんな連中と同じメニューで、どう戦えというのだ。パウンドケーキやブランデーケーキはそれこそ『どじっ子でも大丈夫レシピ』の筆頭だ。いくら翔平が頑張ったところで出来に大差があるとは思えない。同じような出来なら、包丁部がイケメンクラスに太刀打ちできるわけがなかった。ましてやこちらは唯一の接客上手、颯太まで欠場なのだ。

「だめだ……いくら作り置き上等レシピでも、イケメンと真っ向対決は無理だ……」

「別に、いいじゃないですか。イケメンクラスに負けたって……」

「嫌だ！　俺は料理関連で他に後れをとるなんて耐えられない！」

「日向先輩。俺たちが負けるとしたら料理じゃなくてルックスですよ」

「俺はそっちのほうが嫌だ！」

「月島先輩は身の程を知ったほうがいいですね」

「どっちにしても、ブランデーケーキ案は却下だ！」

「なんでそうなっちゃうんですか……」

大地はとほほ全開の表情になってしまった。

この人たちの無駄な敵愾心はどうしたことだろう……料理男子なんてもっと地味で大人し

いものじゃないのか。旨い料理さえ作れれば満足だという日頃の姿勢はどこに行った、と問い質したいぐらいだった。せっかく俺たちが奮闘しなくてもすむメニューが見つかったと思ったのに……

「イケメンクラスとかぶらず、女子受けして、さらに簡単、そんなメニューありっこないですよ」

優也はもうお手上げだとレシピ本まで伏せてしまった。

「あーあ……イケメンクラスなら手作りスイーツなんかじゃなくても人が集まるんだから、いっそあっちに拝み倒してメニューを変えてもらうとかしちゃだめなんですかねえ……」

優也はお願いしまーす、とばかりに両手をすりあわせ、三年五組の教室があるほうを向いて拝む。その仕草を見ていた不知火が、あっと小さく声を上げた。

「どうした?」

「スコーン……ってどうでしょう?」

「スコーン? スナック菓子か?」

「大地先輩、そっちじゃないでしょう。不知火が言うのはあのイギリス風のビスケットみたいなやつじゃないんですか?」

「そう、それ」

不知火はそれを指摘したのが優也だというのがちょっと信じられないという風ではあったが、スコーンというものを理解している部員がいたことに安堵した様子だった。確かに、男子の中には、大地のようにスコーンと言えばスナック菓子だと思っている者のほうが多いだろう。

「まさか水野君が知ってるとは思わなかったよ」

「つい最近、うちの妹がチャレンジしたばっかりなんです」

「え……あの、味覚音痴未遂の妹？」

「颯太先輩、その言い方はひどいです」

いくら事実にしても……と優也は思いっきり不満そうな顔になり、自覚なきシスコンぶりを披露する。そして彼は妹のスコーンチャレンジについて語り始めた。

優也の妹は、優也と三つ違いの中学一年生。ゴールデンウイークに友達と『女子会』なるものを開催しようとしたらしい。とはいえ、妹も友達もお小遣いなんて大してもらってない。外で集まるのは無理。中学生になったことだし、ここは一つ『持ち寄り』の自宅パーティということになった。おかずの子、ご飯物の子、サラダの子……と分担して、優也の妹はデザートに決まった。

「うわあ……それはまた……買っても許される飲み物ぐらいにしとけばいいのに」

颯太が痛ましそうな顔になった。持ち寄りパーティというのはある意味女子力の高さの競い合い。おかずにしてもご飯にしてもなんとか『手作り』を目指す女子が多いというのが颯太の意見。そんな中で唯一、堂々と市販のもので許されるのが飲み物らしい。

「俺だってそう思いますよ。でも妹は母が味覚音痴なんて思ってもないし、けっこうプライドが高いんですよ……」

「ああ……なるほど。女子力を誇るにはスイーツが一番、とばかりにデザートを買って出たんだな」

翔平の分析に優也はため息とともに頷いた。

「ビンゴです。で、ネットでレシピを拾って……」

「大惨敗？　いったい、どうやったらスコーンで失敗できるんだ……」

不知火はさらに鞭打つようなことを言い、優也はますます下を向く。これ以上は見るに忍びない、とばかりに、大地は話題をスコーンそのものに戻した。

「で、スコーンって？」

その問いに答えたのは、翔平だった。やっとのことでレシピ本の中からスコーンのページを見つけ出したらしい。

「この写真を見る限り、スコーンってのは、フライドチキン屋で売ってるビスケットみたいなもんだな……」

「正確には違うんですけどね、まあ形状としては似てます」

　珍しく空気を読んだのか、はたまた妹の話題に飽きたのか、不知火は存外素直に大地の誘導に従った。

「作り方は小麦粉とバターを……」

「『切るように混ぜる』ならパスだぞ！」

「勝山先輩、落ち着いてください。思いっきり混ぜて大丈夫です。むしろ混ぜまくって正解」

　小麦粉にベーキングパウダー、脱脂粉乳、さらに砂糖を混ぜ、角切りにしたバターを手でつぶしながら混ぜる。粒がなくなったら手のひらですりあわせ、さらさらの砂状にする。不知火が再現した動作は、まさにさっきの優也の拝むポーズそのままだった。

「で、あとは牛乳と卵を入れたら生地のできあがりです」

　口で言うのは簡単だが、やるのはもっと簡単で、しかも結構楽しいみたいです、と不知火は説明した。

「おお！　それならやれそうだ！」

　部員たちは色めき立ち、直ちに指令が飛んだ。

「優也！」

「わかってます！　スーパー行って脱脂粉乳を買ってきます！」

「バターもだ！　スコーンってバターの塊みたいなもんだからな！」

「了解」

優也はさっきクッキーを買いに行ったばかりなのにまたしても動員。それでも文句ひとつ言わないところをみると、光明を見いだしたのがさぞかし嬉しかったのだろう。あるいは、このスコーンがうまく作れれば、妹に指南できると思っているのかもしれない。

不知火の言うとおり、本当にスナック菓子じゃないスコーンが出せるなら三年五組イケメンクラスにだって勝てる可能性がある。

スイーツ本を確かめてみると、おしゃれな洋皿にジャムとホイップクリームを添えたスコーンの写真が載っている。手作りのジャムとホイップクリームを添えた手作りスコーンなんて、普通のカフェでだってあまりお目にかかれない。ホイップクリームを泡立てるのは力任せでもかまわないし、翔平が作るジャムは天下一品。キウイ、イチゴ、ブドウにオレンジマーマレード、どれをとってもプロ顔負け。しかも文化祭価格なのだ。おしゃれ女子どもの大行列が予想された。

「でも、そんなに大量のスコーン作れるのかな……」

クッキーですら焼き置きを拒んだ不知火が、スコーンに限ってOKを出すとも思えない。

そのあたりはどうするつもりだろう、と様子を窺うと、不知火は平気の平左だった。

「スコーンはおひとり様一個あれば十分恰好がつきます。数が必要なクッキーとは違います」

「でも、三年五組がオーブンを占領したら……」

ブランデーケーキやらパウンドケーキは焼くのに時間がかかる。他にもオーブンを使うクラスがあるかもしれない。大地には冷遇されている包丁部がそこに割り込めるかどうか疑問だった。しかし不知火はその疑問にもあっさり答える。

「パウンドケーキ系やクッキーは冷ます時間が必要ですが、スコーンなら焼きっぱなし上等です。むしろ焼きたてにこそ価値があると言っていいぐらいです。だから、僕たちは前日じゃなくて当日の朝一番でオーブンを使いましょう」

さすがに当日朝っぱらからオーブンに張り付く素人はいない。開店準備にてんやわんやになること請け合いだから、そういったスイーツ系は前日までに完成させてしまうだろう、と不知火は予測した。

「なるほど……」

実は俺たちだって素人に毛が生えたようなものなんだけど、というコメントは抜きにした。

どうせまた不知火に、セミプロ云々という説教を聞かされることがわかっていたからだ。

不知火の説明を聞いた部員たちの表情がさらに明るくなったことは言うまでもない。

そこに買い出しに行った優也が戻ってきて、包丁部フルメンバーによるスコーン試作が始まった。

スイーツなんて包丁を使わないじゃないか……と渋い顔をした翔平は大量のバターを賽の目に切らせることで黙らせ、大地と颯太はバターと小麦粉を混ぜる作業に勤しんだ。

「うわ……これ、いいわ……」

手を小麦粉だらけにしながら颯太がうっとりとなっている。ふわふわの粉と指でつぶせるほど柔らかくなったバターを手のひらですりあわせる作業は、思いの外、楽しかったらしい。

「毎日毎日スピーチ原稿のことばっかり考えてるから、こういう単純作業ってすっごく癒やされるわ」

「スピーチ原稿のことばっかりって……颯太先輩、学校の授業とか受験勉強は？」

依然として揉み手姿勢を崩さない颯太を見て、優也が心配そうに訊いた。言論大会なんて自主参加、課外活動もいいところなのだ。授業で出される宿題の他に、志望校対策もあるだろうに、スピーチ原稿だけに集中していて大丈夫なのかと思うのは当然だった。

「いいんだよ。俺にとってはこれが受験勉強。ここを突破しなければＡＯの目はない」

「同意です。月島先輩はもう全力でスピーチ原稿に挑むべき。正攻法で入試突破する可能性が限りなく低いんだからＡＯしかないですよね」

「不知火――――！　何でお前はっ！」

「同意してるのに何で怒るんですか？」

小麦粉だらけで吠える颯太。しれっとしている不知火。大地はまたしても、はいはい、ドロー！　とふたりの間に割って入らざるを得ない。まったく、このふたりの相性の悪さはどうしたことだろう……と嘆くしかなかった。


「すげえ……めっちゃ旨そう……」

「匂いだけで悶絶だな」

もっぱら総菜、野獣飯作成部隊である包丁部の面々は調理実習室全体に広がるバターの香りに陶然（とうぜん）となる。砂糖には中毒性があると聞いたことがあるが、それにバターを加えたら最強。女子じゃなくても行列したくなってしまう。

オーブンのタイマーが鳴るのを待ちかねたように、優也が天パンを引っ張り出した。すかさず残りの四人が手を伸ばす。

「あっちっ！」

「ミトン嵌めろミトン！」

「いや、それよりもペーパータオルのほうが有効です」

「日本人なら箸だろう」

　自信満々の翔平の台詞にうっかり流されて、包丁部全員が箸でスコーンをつまむという異常事態発生。それでもほふほふとまるで焼き芋のように咀嚼され、瞬く間にスコーンは男子校生の胃袋に消えた。

「あーあ……せっかくジャムとホイップも用意したのに」

　優也が情けなさそうに言った。彼は両手で天パンを持っていたのと、他の部員のあまりのがっつきぶりに呆然として、一歩出遅れてしまったのだ。

「それも食べるさ。まずは素材の味を確かめただけだよ」

　これまた自信たっぷりに颯太に言われ、今度は五人ともがちゃんと小皿にスコーンを移し、ジャムとホイップクリームを添えて味わう。

「おおーっ！　これはこれで旨いなあ」

「作るのも簡単だったし」

「女子受けも良さそう……」

「打倒イケメンクラス！」

　ところが、翔平、颯太、優也、そして大地が口々にスコーンの出来を褒め、意気があがる中、不知火だけがなぜか不満げな顔を見せた。皿の上をまじまじと見つめ、小さくため息をついた不知火に気づき、優也が怪訝な顔で訊ねる。

「どうしたの？　ジャムとかホイップって苦手？」

　何もつけないスコーンをあれほど喜んで食べていたのだから、そう思われるのも無理はない。

「やっぱり、なんか違う感が否めないというか……」

「何が違うの？」

「スコーンって本当はホイップじゃなくてクロテッドクリームを使うんですよ。レシピ本の写真だってホイップじゃなくてクロテッドクリームのはずです」

　慌てて確かめてみると、紛れもなく「クロテッドクリーム」と書いてあった。

「くろ……？」

　大地はそんなものを食べたことはおろか、言葉自体も聞いたことがない。黒テッドだが赤テッドだか知らないが、ホイップだって十分旨いのだからこれでいいじゃないか、と思う。

　だが、その「本当は」という言葉は正当派包丁部部長である翔平の料理人魂に火をつけてしまった。

「確かにスコーンにはクロテッドクリームを添えるのが正式らしい。ここはやはり……」

「無理だよ、翔平。クロテッドクリームなんてそこらのスーパーで売ってるものじゃないし……」

「そんなものネットでポチればいいだろう！」

なんのためのスマホだ！　と翔平にすごまれ、颯太は渋々『クロテッドクリーム』で検索をかける。そういえば翔平は、未だにガラケーを愛用していて、頑としてスマホに替えようとしない。何かを調べたくなるとこうして他人のスマホを動員するが、それぐらいなら自分がスマホを持てばいいのに、と思わなくもない。それでも、スマホを華麗に操る翔平というのがまったく想像できないし、ガラケーすらも大して使っていないらしいので無用の長物なのだろう。

大地がそんなことを考えている間に、『クロテッドクリーム』の検索が終わった。

「えーっと……あるにはあるね。でも、ちっちゃい箱が三二八円。優也が買ってきたクリームの三倍近い値段だよ」

おまけに手配に時間がかかる、と颯太はだめ押しした。商品説明の欄に、「新鮮な商品をお届けするために手配にお時間を頂戴しております」なんて注意書きがあるのだそうだ。

それではよほど慎重に必要量を予測しないと、足りないからちょっと買い足すというわけにもいかない。その上、余分に買うと冷蔵庫の占有率が上がる、という伏兵までついてくる。

「やっぱり無理ですか……。残念です。クロテッドクリームのほうが格段に旨いんですが」

いいんだよ、俺たちはそんなもの食ったことないんだから味なんて比べようもない。そんなのどうでもいいから、さっさと役割分担決めて準備にかかろうぜ！

　それが大地の正直な感想だった。

　なにやら翔平は不穏な空気を醸しているし、残念ですと言いながら諦めたようには全然見えない不知火の様子も気になる。さっさとけりをつけないと、変な方向に飛び火しそうだ。

　そう思った大地は、クロテッドクリーム問題の強制終了を試みた。

「末那高祭に来るような連中、そのクロテッドなんとかの味を知ってる奴のほうが少ないでしょう！　もう生クリームにしておきましょう！」

　ところが翔平は聞く耳なんて持っていなかった。料理に関する彼の辞書に、『妥協』の文字はないらしく、さらなる検索を要求した。

「おい、颯太！『クロテッドクリーム　作り方』」

「作るんですか～⁉」

　優也が悲鳴を上げる。食べたことすらないものを作ると言われても困るに決まっている。

だが翔平は鬼の首でも取ったかのように宣言した。

「多少失敗しても、誰も味なんて知らないなら構わないだろう。『本物のクロテッドクリーム』であることが重要なんだ」

偽物でもいいから生クリームのほうがいい。買ってきたクリームを泡立てるだけなら失敗なんてしないし、してもたかがしれている。せいぜい泡立てすぎてもろもろになるぐらいで、それだって舌触りが悪くなりこそすれ、味自体は生クリームの味だ。本物を目指して失敗したクロテッドクリームよりもマシに違いない。

きっとそれは大地だけの意見ではないはずだ。その証拠に、優也が悲鳴パート2を発した。

「翔平先輩も颯太先輩も当日どころか、前日だっていないんでしょう？ 俺たちにそんな高度な作業ができるわけないじゃないですか！」

そもそもあんなに大量の生クリームの泡立てだってまともにできるとは思えません！ 少なくとも俺には無理です、と優也は開き直る。確かに筋トレ万全の翔平と異なり、優也の二の腕はひどく細い。これまで運動らしきものは一切やってこなかったというのが頷ける筋肉量だった。

しかしながら、優也はおそらく、調理実習室に秘蔵されている電動泡立て器の存在を知らないのだろう。先代部長がスープ作りにはまったときに買ったものだが、その後、スープよりも豚汁を愛する翔平によってお蔵入り。昨年の夏、気まぐれにアイスクリームを作ったときに見たのが最後だから、優也が知らないのも無理はない。いずれにしても、生クリームを泡立てることは可能だった。

「生クリームにしておきましょう。クロテッドクリームは無理がありすぎです」

「あー……でも、意外とそうでもないかも……」

そこに口を挟んだのは颯太だった。

「お、レシピがあったのか？」

やめろーと叫びたくなったが、時すでに遅し。颯太は『クロテッドクリームの作り方』を探り当ててしまった。

「うん、簡単だよ。生クリームを八〇度のオーブンに突っ込むだけ……」

「それだけか！」

翔平が喜色満面になる。だが、大地は首を傾げた。

そんなに簡単ならもっとみんなが作っていてもよさそうなものだ。それに颯太先輩の言葉はどこか尻切れトンボだ。何か重要な情報を隠してないか？

怪しすぎる、と思った大地は自分のスマホを取り出し、『クロテッドクリーム　作り方』で検索してみた。

「……八時間以上って書いてありますけど！」

「あ、ばれた」

「ばれたじゃないでしょう‼　しかもこれ、加熱八時間の上に、冷蔵庫でも八時間。いったいどれだけ時間がかかるんですか！」

「でも簡単だよ」

　俺は嘘は言ってないもーん、とおちゃらける颯太に、大地は本気でラリアットをかましたくなる。気分は、もういいからさっさとスピーチ原稿と心中してこい！　だった。

「十六時間……まあ、そんなもんでしょうね。『本物』のクロテッドクリームなら」

　またしても『本物』を持ち出す不知火に、翔平がうんうんと頷く。

「だよなあ、『本物』だもんなあ……。『本物』！　なんて美しい響きなんだ」

「勘弁してくださいっ！」

「とにかく、一回このクロテッドクリームとやらを作ってみるぞ。決めるのはそれからでも遅くないだろう」

　翔平の宣言で、三度目の優也の悲鳴は完全に無視された。

　翌日、朝一番で調理実習室に駆け込んだ翔平が、生クリームを八〇度のオーブンに突っ込み、放課後まで加熱したあと冷蔵庫で一晩。二日がかりで『本物』のクロテッドクリームが完成した。

「へえ……これが」

不知火が珍しそうに密閉容器に収まった黄金色のクロテッドクリームを見た。

大地は、その感想がお前の口から出るのはどういうことだ、と詰め寄りそうになる。あんなに『本物』を強調したのだから、彼にとっては見慣れたもののはずだ。だが、『はず』が『はず』で通らないのが不知火という男だった。

「初めて見た」

「なんだと――――！」

包丁部四名による見事なユニゾンであった。

「お前、食ったことないのか⁉」

「ありませんよ」

「だったら何であんなにしたり顔だったんだよ！」

「知識があるんだからしたり顔になるのは当然じゃないですか」

「知識だけかよ！」

「重要ですよ、知識は」

それのどこが悪い、と顔に書いてあった。こいつを相手にするのは時間の無駄としか言いようがない。いや時間だけではなく、気力、体力、知力、労力、聴力に視力まで加えて全てが無駄としか思えなかった。

ピッピッピッ……

そのとき、オーブンが控えめに存在を主張した。どうやらスコーンが焼き上がったらしい。『本物』のクロテッドクリームをつけて味わうために焼いていたものだが、その完成を知らせる電子音は広がる芳香とともに、調理実習室に漂う殺伐とした空気を救った。

「と、とにかく、これを食ってみよう……」

とんでもない男の口車に乗せられたという自覚からか、翔平がいつもより三割方トーンダウンしている。自業自得とはいえ、ちょっと気の毒になってしまうほどだった。

そんな中、スコーンの試食が始まった。今度は最初からきちんと小皿にのせ、紅茶も用意する。クロテッドクリームをたっぷり添え、ジャムも、先日のようにスーパーで買ってきたものではなく、翔平が家から持ってきた手作り。まさに『本物のスコーン』がそこにあった。

それぞれの前に置かれたスコーンを手で摑み、クロテッドクリームとジャムをのせる。みんなが無言だったのはそこまでだった。

「うおっ！」

「これはすごい……」

「あーなんかこれ、すごく濃い感じ～」

「確かにイングリッシュスコーンだ」

「生クリームでもいいと思うけど……」

最後にぼそっとつぶやいた優也は四方から頭を叩かれ、翔平は苦虫を嚙みつぶしたような顔で言う。

「お前にはこの味が理解できないのか！」

「いや、旨いとは思いますが丸二日がかりで作るほどのものじゃ……」

「やっぱり君の舌はちょっとお母さん寄りなんじゃない？」

颯太に、妹さんよりも君自身の心配をしたほうがいいかも、と言われ、優也はむっとした。

「旨いのはわかってます！　俺はコスパが気になるだけです！」

丸二日かけて作っていて間に合うのか。しかも、クロテッドクリームに使う生クリームは動物性のものに限られる。先日買ってきた植物性の安価なものではないのだ。それを文化祭価格で出すことができるのか、と優也は指摘した。颯太も頷く。

「なるほど、優也の言うことにも一理あるね」

「この生クリームならそのまま泡立てるだけでも、こないだのよりずっと旨いと思います」

「どれだけ旨くても所詮(しょせん)生クリームだろ？　クロテッドクリームとは違う」

「黙れ、不知火。お前がクロテッドクリームなんて言い出さなければ、こんなことにならなかったんだぞ！　誰もそんなもの食べたことなかったんだから！」

「でも大地先輩、こっちのほうが断然旨いですよね。歴史ある組み合わせっていうのはやっぱり理由があるんです。そもそもイングリッシュスコーンっていうのは……」

「もういい、わかった。とにかくお前はちょっと黙ってろ」

スコーンの歴史なんて聞いてたら日が暮れる、と翔平に言われ、不知火はようやく口をつぐんだ。

「で、どうする？　この丸二日がかり、しかも原価率馬鹿高のクロテッドクリームにして本物志向を貫くのか、スーパー特売の植物性クリームで利益確保に走るのか……」

「利益確保！　末那高祭なんて活動費を稼ぐためにあるようなものなんですよ！」

翔平の質問に真っ先に答えたのは優也だった。当然、不知火は反対する。

「クロテッドクリームを添えないなんて、スコーンとは言えません！」

「俺はどっちでもいいな。どうせ、いないんだし……」

あまりにも無責任な颯太の発言に、大地はちょっとむかっとしてしまう。いくら主戦力不在の野草飯覚悟とはいえ、あえて利益が取れないようなメニューを選ぶ必要はない。それくらいわかった上で味方してくれてもいいのに。

「俺も利益確保に一票です。たとえ客が本物のクロテッドクリームの味を知っていたにしても、末那高の文化祭にそんなものを期待するとは思えません。だったら植物性のクリームで十分です」

「俺は……」

「翔平先輩の意見はわかってます。これで二対二。颯太先輩、浮動票ではすまなくなりました。どっちかに決めてください」

大地の言葉で、残りの三人が颯太に注目した。

「えーっ……本当にどっちでもいいんだけどなあ……うーんっと……旨いのは高くて時間がかかる。儲かるのは味がいまいち、なんだよねえ……」

「いまいちってほどじゃありません。ちゃんとホイップしたクリームなんですから」

と優也が言えば、翔平は翔平で、

「時間はかかるが手間がかかるわけじゃない！　オーブンに突っ込んで、あとは冷蔵庫に入れるだけだ。なんなら俺が家で作ってきてもいい。レシピによると三日か四日は持つらしいぞ」

「となると、やっぱり問題は原価率だけだね。これって安いクリームでは作れないの？」

「颯太、お前、植物性のクリームからバターができると思うのか？」

「そりゃ無理でしょ」

バターは生乳の中の乳脂肪分を凝固させて作るものだから、植物性クリームで作れるわけがない。それぐらいは知ってるよ、と颯太はちょっと気分を害したように答えた。

「クロテッドクリームはクリームの中の乳脂肪分を分離させて作る。つまりはじめに脂肪分ありきだ」

「植物性クリームにだって脂肪分はあるでしょ」

「なんのためのスマホだ！」

またか……と首を振りながら、颯太は腕組みで仁王立ちしている翔平に言われるがままに、検索窓に『植物性クリーム　バター』と入力した。出てきたサイトをいくつかクリックした颯太は、なるほどなあ……と感心した。

「そうか……植物性クリームじゃマーガリンになっちゃうんだ」

大地もマーガリンとバターの違いなら知っている。植物性油脂と動物性油脂の差。原材料の差はそのまま価格の差でもあった。重ねて翔平が言う。

「たとえ植物性クリームで同じようなものができたとしても、クロテッドクリームとはいえない」

「同じようなものすらできませんよ。風味が全然違うはずです」

『はず』で語るな不知火！　とまたしても四人に突っ込まれはしたが、おそらく不知火の言うことは間違っていないだろう。

「夏休みのことだけどさー」

そこに入ってきたのはミコちゃん先生だった。いつもながらの唐突な第一声に、部員一同はあっけにとられた。

今はやっと五月半ば、末那高祭も定期テストもレクレーション大会も終わってない。夏休みなんてまだまだ、いやまだまだまだまだ先のことだ。六月末の末那高祭について聞きに来たというならまだしも、何で一足飛びに夏休みなのだ。

「ミコちゃん先生、もうちょっと状況を読んでくれてもいいじゃないですか」

「は？　状況？」

翔平の台詞に、なにそれ、美味しいの？　と嘯きながら、ミコちゃん先生はみんなの顔を見回した。

「見てわかんないんですか？」

「おお！　確かに美味しそうだ!!」

そう言うなり、ミコちゃん先生はスコーンを一つ取り上げ、いただきまーす！　と口に運んだ。

あまりにも男らしく咀嚼したおかげで、のどに詰まらせそうになり、ゲホゲホとむせる。

「あーあ……もう……」

翔平が呆れながらカップに紅茶を注ぎ、颯太はクロテッドクリームとジャムを差し出す。

「ミコちゃん先生、これも使ってください。一緒に食べるとすごく美味しいですよ」

「お、そうか。いや、ありがとう！」

三年生ふたりにまるで後輩か妹のように世話を焼かれ、ミコちゃん先生は嬉しそうに再び、今度はゆっくりとスコーンを味わい始めた。

どうせ適当に塗りつけてかじりつくのだろうと思っていた大地は、やがて、ミコちゃん先生の様子に驚かされることになった。

彼女は調理台兼テーブルに座り、おもむろに背筋を伸ばした。その後、スコーンを水平にふたつに割り、最初にジャムを、それからたっぷりのクロテッドクリームを塗りつけて、口に運ぶ。大地はスコーンの正しい食べ方なんて知らない。けれど、さっき饅頭（まんじゅう）のようにかじりついたのと同じ人とは思えない仕草だった。

「あー久しぶりだなあ、本物のクロテッドクリームは……」

「土山先生……もしかしてイギリスにお詳しいんですか？」

「ん？　ああ、不知火か。そういえば包丁部に入ったんだったね」

君の質問の意図は？　と返されて、不知火はなぜか少し赤面しながら答えた。

「いや……あんまりにも正しい食べ方だったんで」

「スコーンの食べ方なんて大差ないだろう？」

「大差ありますよ。現に、僕以外の人たち、全員スコーンを割ったりしませんでしたから」

みんながみんな、スコーンを左手に持って右手でクロテッドクリームとジャムを塗りつけてかじりついた。ミコちゃん先生のように真ん中からフォークを入れてふたつに割るなんてことは、誰ひとりしなかったのだ。そういえば不知火だけはスプーンやフォークが入っている引き出しから、ナイフを持ってきてふたつに割っていた。ということは、ふたつに割るというのがスコーンの正しい食べ方なのだろう。そもそもこのクリームを見て、『クロテッドクリーム』という名称がすっと出てきただけでも驚きだった。

「俺だって、そっちのほうが楽そうだからってナイフを使ったぐらいですから」

目の前にナイフとフォークがあって、わざわざフォークを選んだミコちゃん先生に、不知火は感心してしまったらしい。

「フォークで割ったほうがでこぼこになってジャムやクリームが馴染みそうじゃないか。でもまあ、スコーンなんてどう食べたっていいさ。別にここはイギリスでもないし」

「まあそうですね。さもなければジャムが先か、クロテッドクリームが先かで紛争です」

「紛争は大げさだよ。ただ、やり方が違うってぐらいだ」

ミコちゃん先生は、くくっと鳩みたいに笑って自分の手元を見た。

「もう冷めてるから、クリームが先でもよかったんだけど、ついつい習慣でジャムを先にしちゃうんだよね」

デヴォン地方の人に見られたら一騒動だ、と彼女は言う。なんでもミコちゃん先生の食べ方はコーンウォール地方のもので、スコーンの熱でクロテッドクリームが溶けないようにジャムを先に塗るらしい。対してデヴォン地方ではクロテッドクリームが先で、ジャムが後。ミルクティーにおけるミルクと紅茶を注ぐ順番ほどではないが、流派が分かれるのだそうだ。

「いや、いずれにしても見事なものでした」

どうせ聞きかじりか本で読んだだけの知識だろう。他の人が実際に食べているところを見たことがあるわけじゃないのに、何が見事なものです、だ。デヴォン地方やコーンウォール地方がどこにあるかも知らないくせに、ってそれは俺か……。どっちにしてもこいつ本当に気に入らない！

大地はミコちゃん先生と嬉しそうに話している不知火に冷たい目を向ける。やがて、大地の視線に気づいた彼は、はっとしたように言った。

「そういえば、それどころじゃなかったんでしたね」

「やっと気がついたか。まったく、くだらないことで脱線させやがって」

「すみませんでした。で、土山先生、夏休みって？」

　不知火以外の包丁部員、総ずっこけ、の図であった。なんで話をそこに持って行くんだ。今語るべきはクロテッドクリーム問題だろう！　と不知火の頭を後ろからハリセンでぶっ叩きたいぐらいだった。

　だが、ミコちゃん先生はとたんに、そうそう！　と目を輝かせた。もうこうなってはどうしようもない。とりあえず、ミコちゃん先生の話を聞こう、と部員たちは諦めの姿勢となった。

「あくまでもこれは確認なんだけど、夏休みに学校で活動したりしないよな？」

　期待の籠もった眼差しで、ミコちゃん先生は部員を見渡した。

　夏休みに限らず、包丁部は学校が休みの日には活動しない。部活で身につけた技術を家で実践するのが休み中の課題となっているからだ。ひたすら自己研鑽を重ねる、それが包丁部における休みの過ごし方だった。

　それはミコちゃん先生だってよく知っていることのはずなのに、わざわざ確認しに来るところをみると、また彼女の悪い虫が騒ぎ出したらしい。それを察したのは、大地だけではなかったようで、翔平がうんざりした顔で訊く。

「ミコちゃん先生、またお出かけないですか？」

「もちろんだよ！　休みに出かけないでどうする」

「いつまでも遊び歩いて男の気配もないから、ご両親とか心配してらっしゃるって聞きましたよ。たまには見合いでもしたらどうですか？　振り袖とか着込んだら男のひとりやふたりだませるかもしれませんよ」

「生徒にハラスメント食らうとは思わなかったぞ。日向、今度お前に、オブラートというものを山ほどプレゼントしてやる」

「いりません。俺は薬ぐらいゴックンと一飲みです」

「薬じゃなくて言葉を包め！」

「ご冗談を」

そんなものに包んだら永遠にこっちの意図は無視されます、と翔平は言い切った。

いつもながらこのふたりの言い合いはなかなかシビアだ。教師相手にこんな口をきいてもいいものだろうか……と心配になるレベルだった。

「翔平、ミコちゃん先生は人生を謳歌してるんだ。俺たちが口出しすることじゃないよ」

「にしたって、ご両親の気持ちとかもうちょっと……」

「大きなお世話だ‼」

今度はミコちゃん先生が翔平にハリセンを見舞いそうな勢いだった。

「じゃあ、今年の夏休みも俺たちは自主トレってことで、話を『クロテッドクリーム問題』に戻していいですか？」

もうこれ以上の脱線はお断りだ。そう思った大地は、目下の急務が『クロテッドクリーム問題解決』であることを明確に主張した。さすがに今度は不知火も余計な口を叩かず、大地は速やかにミコちゃん先生に状況を説明することができた。

「なるほど、利益追求VS本物志向か。それは確かに頭の痛い問題だ。でもまあ、所詮文化祭なんだからもうちょっと気軽に考えてもいいんじゃないか？」

「気軽って言われても……」

翔平が困惑したように言う。おそらく真面目人間の彼にとって「気軽」というのは「手抜き」に通じてしまうのだろう。そんな翔平を、相変わらず融通がきかないな、と鼻で笑い、ミコちゃん先生は説明を続けた。

「このクロテッドクリームは手作りの本物だ。味も風味も素晴らしい。でも、ここまでじゃなくてもなんとかできる方法もある。違う材料で似たような感じに仕上げることもできるんじゃないか?」

フランス料理にしても中国料理にしても本格的に作ればものすごく手間がかかる。だからこそ生まれる旨さがあるのだが、素人が毎日毎日プロの料理人のようなことをやっているわけにはいかない。使える素材にだって限界がある。家庭料理というのはプロの手順を如何に効率良く省き、家計に優しい素材に置き換えるかに尽きる。家庭料理の発展の歴史は妥協の歴史なのだとミコちゃん先生は主張した。

「バターの代わりにマーガリン、肉の代わりに豆腐。そんな風に置き換えてきたんだよ。だから、クロテッドクリームだって置き換えられるはずなんだ」

「でもこのクロテッドクリームを何に置き換えればいいかなんて……」

翔平がさらに困った顔になった。そもそも本物のクロテッドクリームを食べたのだって今日が初めてなのだ。そんなウルトラCが使えるわけがなかった。

「そうだなあ……」

ミコちゃん先生はちょっと首を傾げながら、クロテッドクリームが入れられたバットに目を向けた……と思ったら、止める間もなく指ですくって口に入れる。

「ミコちゃん先生、お行儀が悪いです!」

反射的に叫んだ優也を気にも留めず、彼女はクロテッドクリームを味わう。

「うーん……このコク……えーっと……」

　そんな調子でぶつぶつ言い始めたミコちゃん先生に、颯太がすかさずメモ用紙とボールペンを手渡した。やがてミコちゃん先生は、メモ用紙に何事か書き付け始めた。

「たぶんこれでなんとかなると思う。日向、あとは任せた！」

　そして彼女は、さーて、夏休みはどこに行くかな〜と歌うように言いながら、調理実習室から出て行った。

「なんですか、あれ？」

　新入部員ふたりはきょとんとしていたが、こんなことには慣れっこの翔平はメモに目を走らせ、指示を飛ばした。

「颯太、悪いが……」

「クリームチーズと練乳と植物性クリーム、な。すぐ買ってくる！」

　皆まで言うな！　とばかりに財布をひっつかみ、颯太は包丁部行きつけの激安スーパーに走っていった。このところの買い出しはもっぱら一年生のどちらかだったが、急ぐときは断然颯太だ。なぜなら彼は自転車通学者、自転車を使えば短時間で買い物を済ませることができる。毎日往復二十キロという距離を通う彼の脚力は素晴らしく、本気を出せば一年生の半分の時間で戻ってくるに違いない。

「たっだいまー!」

颯太がレジ袋をぶら下げて戻ってきたのは、彼が出かけてから十五分後だった。

「新記録達成ですね、颯太先輩!」

思わずそう叫んでしまった。これまでは最短でも十八分。それを三分も縮めたのだからすごいものだ。

「いやいや、練乳なんてものが入ってなかったらもうちょっと早かったんだけどな！　練乳が果物売り場にあるなんて思いもしなかったよ」

おそらく他の売り場にだって置いてあったはずだ。ケーキ材料だかパン売り場だかで見た覚えがある。だが、練乳なんて買ったことがなかった颯太は見つけられず、店内をうろうろしたあげく、ふと目をやった果物売り場のイチゴの横で発見したのだろう。颯太は、あのタイムロスがなければ、あと三分は縮まった、とひどく悔しそうだった。

「いずれにしてもあってよかったよ。じゃあ、あとは翔平にお任せ」

颯太はどこかで聞いたような台詞ごと、レジ袋を翔平に手渡した。

「よし、じゃあいろいろやってみよう」

翔平はデジタル秤（ばかり）を持ち出し、クリームチーズを十グラムずつに分ける。ボウルにホイップクリームとクリームチーズを入れ、小さじで量った練乳を足した後、泡立て器でくるくると混ぜ合わせる。翔平は、ホイップクリームやクリームチーズの量を変え、何通りものクロテッド風クリームを作り続けた。真剣そのものの翔平を呆然と見ていた優也が、大地の袖を引っ張って訊く。

「大地先輩……。翔平先輩って、いっつもこんなやり方なんですか？」

「ああ、レシピを作るときはだいたいこんな感じだ。材料のグラム数を変えたものをたくさん作って、その中で一番旨かったものに決定。まあ、家でやるときはもうちょっと地道に少しずつ足したりしてるんだろうけど、学校だと器もたくさんあるし、いっぱい作っても食う奴もいるしな」

「確かに、片っ端から食いますけどね。にしてもすごいですね……怖いぐらいだ」

「今、下手にちょっかいかけたら嚙みつかれるぞ」

「まさか……」

「マジマジ」

　まあそれは冗談にしても、レシピを決めるときの翔平というのは真剣そのもの。普段から真面目なのにそれに一層拍車がかかって、まさに「触るな危険」状態となってしまうのだ。だから部員たちは邪魔にならないように、別の調理台のところに行って、ここそ洗い物でもするしかなくなってしまう。

「そうなんですか……。それじゃあ、ミコちゃん先生が逃げ出すのも当然ですね」

「いや、あの人のはそういう理由じゃない」

は？　という顔になった優也のために、大地は忍び笑いを浮かべながらミコちゃん先生の秘密を暴露した。

「あの先生の舌はすごく鋭いんだ」

「みたいですね。さっきだって、さらさらーって材料を書き出してましたから」

「だろ？　この料理にはこういう材料が入ってる、とかこれはこれに置き換えられる、っていうのを当てさせたら、ミコちゃん先生に勝てる奴はいない。でも……」

「でも？　なんか問題でもあるんですか？」

「あの人、致命的に料理が下手なんだ」

「包丁部の顧問なのに⁉　言動は漢前（おとこまえ）だけど、実は料理上手で面倒見のいい良妻賢母型とかじゃないんですか？」

そんな疑問の声を上げたのは不知火だった。いつもの彼らしくない声に、もしかしたら彼は、同年代女子にトラウマを抱えるあまり、年上に萌えているのではないかと疑いたくなる。ミコちゃん先生に対しても見当違いの期待を抱いているのかもしれない。

優也以上に呆然としている不知火が面白くて、大地は畳みかけるように言う。

「ミコちゃん先生は面倒見はいいよ。部の存続の危機を乗り切らせるために、部活未加入者リストを横流ししてくるぐらいだからな。ただ、その根っこにあるのは、包丁部が廃部になって他の部の顧問になるのは困るっていうすごく利己的な理由だよ」

「包丁部よりやりがいのある部はいくらでもあるでしょう？　万年廃部の危機じゃないだけでもマシじゃないですか」

大地は、部員自ら万年廃部の危機とか言うな、と心の中で舌を打つ。だが事実は事実なので、あえてそれに反論はしない。その代わりに、不知火の「ミコちゃん先生像」の徹底修正に努力することに決めた。

「学校が休みの日には活動しない、なんて明言するのはうちの部ぐらいなんだよ。そして、その条件はミコちゃん先生にとって絶対なんだ」

「そういえば夏休みも出かけるって言ってましたね。そんなに旅行好きなんですか？」

「不知火、ミコちゃん先生が好きなのは旅行じゃなくて穴掘りだ」

「あなほりぃ？」

お前が言うとなんか外国語みたいに聞こえるな、と颯太が笑った。

「月島先輩、いったいミコちゃん先生って……」

「あの人の専門科目、知ってるよな？」

「社会ですよね？」

「そう、社会の日本史。歴史専攻で穴掘りって言ったらわかるだろう？」

「まさか……発掘？」

「ビンゴ」

ミコちゃん先生は、休みのたびに全国の発掘現場に行っては、せっせと穴を掘り続け、たまに土器の欠片やら化石やら発見するのを人生最大の喜びとしている。

本人は研究活動だと言い張るが、翔平などは、研究と言うよりも犬が埋めた骨を見つけて喜んでいるみたいだ、なんて皮肉を言う。それでいて、夏休み明け、真っ黒に日焼けして帰ってきたミコちゃん先生を見ては「あれでは年をとったときにシミだらけになるし、皮膚がんだって怖いのに」なんて眉を寄せるのだから、ああ見えて翔平はけっこうミコちゃん先生を心配しているのかもしれない。

「休みのたびに旅行じゃなくて発掘現場……。でもまあ、研究活動なら当然です。きっと発掘現場では炊き出しとかで大活躍してるんでしょう？」

発掘現場で炊き出しがあるのかどうかはわからない。でも、ミコちゃん先生に限って炊き出しで大活躍する可能性はゼロだった。

「大混乱を招く可能性はあっても、大活躍はないよ」

「どうして？　あれだけ鋭い舌があるなら料理だって……」

「それがミコちゃん先生の最大の謎。あの人は、素材を見抜く舌はあっても再現能力がゼロなんだよ。包丁だってろくに使えない」

　発掘は遺跡や遺物の元の形を崩さないことが鉄則だ、というのがミコちゃん先生の弁だ。彼女は、切ったり熱を加えたりして素材の形を変える料理という概念自体が、自分には合わない、努力しても上手くなれる気がしない、と呆れるような主張を繰り返していた。

「努力しても……って、俺たちの活動意欲を萎えさせまくる言い様ですね」

　優也にしてみればあり得ない言われようなのだろう。練習すれば上手くなれると信じて入部した面々に、その言い草はない、と大地ですら思う。それでも、不知火が受けたショックに比べれば優也のほうが幾分マシなようだった。

「再現能力ゼロ……しかも、努力しても上手くなる気がしないって、やってもみてないってことですか？」

「努力したことがないとは思えないよ。ちょっとぐらいやったはずだ。でもあれだけ下手なのを見ると、もしかしたら一切やったことがないのかもしれない。とにかく現段階としては、ミコちゃん先生に料理をさせるのは材料の無駄だ」

素材を生かしたという表現があるが、ミコちゃん先生の場合、素材大虐殺になってしまう。彼女自身が、「作ったのが私自身でなければ、何が入っているか判別できない」と苦笑いするほどなのだ。

「材料の無駄……素材が行方不明……」

不知火はうわごとのように繰り返している。頭の中でがらがらと音を立てて崩れていく、不知火のミコちゃん先生像が見えるようだった。

「まあそう落ち込むな不知火。ミコちゃん先生は、悪い人じゃない。でも、良妻賢母とはほど遠いし、竹を割ったような性格の漢前でもない。むしろいろいろ含みが多い人だと思う。結構上手に隠してるけどね」

颯太はにやりと笑うと、それを最後にミコちゃん先生評を終わらせた。

「できたぞ。ちょっと味見してくれ」

ちょうどそのタイミングで、翔平から声がかかった。

彼がいる調理台に行ってみると、十個の小鉢に練り上げられたディップのようなものが入れられている。おそらくこれがクロテッドクリームもどきなのだろう。

「こっちから順にクリームチーズの量が増えていく。一番クロテッドクリームに近いと思うものを選んでくれ。但し、あくまでも『本物にどれだけ近いか』が基準で、旨いかどうかじゃないからな」

　そう言いながら彼は四人に小さな皿を渡した。そこに入っているのが『本物』のクロテッドクリームだから比較しろ、ということだった。

「うーん……俺はこのあたりだと思う」

「いや、それじゃあチーズの酸味が勝ちすぎる。もうひとつこっちだろう」

「でもコクを考えたらさらにこっちのほうが」

　そんなやり取りを続けているところに、またミコちゃん先生が登場した。

「お、もうできたのか？　どれどれ……と喜色満面で入ってきた彼女は、一通り試食した後、いとも簡単にひとつの小鉢を選び出した。

「はいこれ。これならクロテッドクリームの代わりに使っても遜色ないよ。このままでは疑問かもしれないけど、スコーンと合わせたらばっちり」

　そして彼女は、じゃあ頑張れよーと手を振って去って行った。どうやら彼女はクロテッドクリーム問題がどうなったか気になって戻ってきてくれたらしい。翔平が調合している間、それにぴったりついている時間はもったいないからということで、授業の準備でもしていたに違いない。ミコちゃん先生は、そういった細かい時間の使い方が非常に上手く、だからこそ本来なら大量に業務をこなさなければならない長期休みに発掘現場に飛び出していけるのだろう。その要領の良さを料理習得に向ければもう少し技術向上も望めそうな気がしないでもないが、本人がそれを放棄している以上、包丁部の面々がどうこう言うことではない。機嫌よく顧問を務めてくれればそれでよかった。

「え、これっすか？」

ミコちゃん先生が選んだ小鉢を見て、優也が首を傾げた。

彼女が示したのは、部員たちが見当をつけたものから、もう一段階クリームチーズが多いものだった。さっき単独で食べたときは、舌に残るようなねっとりした感じを受け、これはちょっとクリームチーズが多すぎると判断したものである。だが、ミコちゃん先生の指示どおりジャムとともにスコーンに塗って食べてみた優也は、すぐに舌を巻くことになった。まるで本物のクロテッドクリームかと思うような味わいとなったからだ。

不知火がことさら大きなため息を漏らした。

「ジャムと合わせてスコーンに塗ったときの味わいまで予測できるのに……。あれで、本当に料理ができないんですか？」

「信じられないなら、一回頼んでみたら？　手料理食べさせてくださいって。ただし、俺たちを巻き込むなよ！」

　断固として主張した大地に、不知火はとうとう事実を認めざるを得なくなったらしい。たいていいのものなら文句も言わずに食べてしまう大地が、ここまで言うのだから疑いようがない、と思ったのだろう。

「でも助かりましたね。これなら生クリームを泡立ててクリームチーズと混ぜるだけで簡単だし、植物性クリームを使えるから原価も抑えられます」

　優也はひどく嬉しそうに、またスコーンにジャムとクロテッドクリームもどきを塗りつける。それを見ていた翔平が、少し残念そうに言った。

「俺としてはちゃんとしたクロテッドクリームを作ってもよかったんだけどな……」

「まあまあ翔平先輩。今回は俺たちの力量を考えてこれぐらいで勘弁してやってください。正当派クロテッドクリームは、翔平先輩の弁当男子コンクールの祝勝会のときにでも再現しましょう」

「そうそう、そのためには是非ともコンクールで好成績を収めてもらわないと」

　頑張れよ、翔平！　と颯太に肩を叩かれた翔平は、おう、と無愛想に答えた。クロテッドクリーム問題が片付いた今、彼の頭の中はまたすぐに弁当のレシピでいっぱいになるだろう。

「あ、颯太先輩の弁論大会祝勝会でもいいですけどね！」

優也が機嫌良く言った台詞に答えたのは不知火だった。

「水野君、そこに触れちゃだめだよ」

「なんで？」

「日向先輩と月島先輩じゃ見込める成績が違いすぎて失礼だ」

「お前のほうがよっぽど失礼だ！」

そして颯太は、不知火がクロテッドクリームを塗りつけ、口に運ぼうとしたスコーンを取り上げがぶりとかじる。最後の一個だったのに！　という不知火の抗議に応えるものはひとりもいなかった。

かくして『クロテッドクリーム問題』は無事に解決され、三年生不在の末那高祭に向けての準備が始まった。

*

「なんとかなると思うか？」

「正直、きついでしょうね」

「でもうちは三人だけしかいないし……」

これじゃあ休憩も取れない、と気がついたのは、クロテッドクリーム問題が片付き、そろそろ材料の数を特定して注文しておかなければ……となった末那高祭開催十日前のことだった。

当日の作業としては、客が注文したものを裏で作って出す、という至ってシンプルなものであったが、いったい何人ぐらいの客が来るのかわからない。包丁部には当日、調理実習室の隣にある被服実習室をあてがわれているのでスペースとしてはかなり広い。万が一そこに一度に客が押し寄せてきたら、三人ではとうてい対応できない。

昨年、お好み焼きと焼きそばの店を出したときは、翔平の力作が噂を呼んで行列ができるほどだった。すでに辞めてしまった新入部員を含めて、五人もいた部員総掛かりで休む暇なく働いてなんとかこなしたと聞いた。今年は三人しかいない。しかも二名は入部したての一年生だ。いくら昨年のメニューのように焼いたり炒めたりがないとはいっても、人手不足は否めない。席数は昨年の半分にすることに決めていたが、それでも十分とは思えなかった。

「誰か手伝ってくれそうな奴、知らないのか？」

翔平の問いかけに、部員たちは困ったような顔になった。

無理もない。全員がどこかの部活に加入することを義務づけられている末那高において、文化祭当日手が空いている人間がいるとは思えない。たとえ末那高祭でなんのイベントもおこなわない運動部に所属していたにしても、クラスイベントに参加するのが常である。中には部とクラスの両方で八面六臂(ろっぴ)の大活躍をする生徒だっているぐらいなのだ。翔平にしても、答えに期待ができないことなどわかっていたのだろう。彼は後輩に問いかけをしたあと、無言で包丁の手入れを始めた。

いないよな、そんな奇特な奴……と思いながら、翔平の手元を見ていた大地は、ふとひとりの生徒を思い出した。

「そういえばあいつは当日暇なのかも……」

思わず呟いてしまった言葉を聞きつけて、颯太が訊ねた。

「あいつって？　心当たりでもあるの？」

「ひとりいることはいます」

「クラスとか、部活とかで何もやらないのか？」

「クラスは研究発表、部活はバレーだったと……」

「マジか⁉」

研究発表なんて一番人手がいらない。事前準備こそ大変だが、当日は教室に二、三人もいれば上等。一クラス四十五人で交代すれば、ひとりあたり一時間もいなくてもいいはず。しかも、例年バレー部は末那高祭でなんのイベントもおこなわない。もっぱら『楽しむ』ことに主眼を置き、あちこちの部活を冷やかして歩いていた。

「じゃあ、うまくすれば頼める？」

「うちの包丁研がせてやるとでも言えば……」

「はあ⁉」

　翔平は一瞬、颯太と顔を見合わせて固まってしまった。

「部のイベントを手伝う代償が包丁研ぎってどういうことだ？」

　時々、スーパーの前に『刃物研ぎます』なんて幟を揚げている軽トラックを見ることがあるが、その生徒も一本いくらで包丁を研ぐアルバイトでもしているのか、と翔平は真面目な顔で訊ねた。

「調理実習室には腐るほど包丁がある。いくらなんでもあれを全部、金を払って研いでもらうわけにはいかない」

「いや、そうじゃないんです。あいつは自分が研ぎたいんだと……」

「はあ？」

「あいつ、前から家庭科室の包丁を研ぎたい、研ぎたいってうるさく言ってたんですよ。俺が包丁部に入ったことを聞きつけて『家庭科の先生に頼んでみてくれ』って矢の催促です」

　大地は彼から、包丁部の部員が「包丁が切れません」とでも言えば、許可してくれるのではないか、と何度も言われていた。

「家庭科って原田(はらだ)先生？　なんで自分で訊かないんだ？　家庭科の授業を受け持ってもらってないのか？」

「もちろん授業は受けてます。でも、あいつのクラスは特進だから、どうにも原田先生受けが悪くて……」

特進クラスというのは特別進学クラスの略称で、いわゆる成績優秀者が集められたクラスである。

進学実績をあげるのが役割、みたいなクラスの特性で五教科七科目以外受験には関係ない、と切り捨てる生徒が多い。特に、家庭科となると調理、被服といった実習系はもちろん、授業そのものもまともに聞かず、寝ていたり内職していたり……。当然、副教科の担当教諭からの評判は極めて悪い。本人たちもそれはわかっているから、関わる気もない。そんなクラスの一員が、包丁を研がせてくれなんて、どの口が言うだった。

「それもひどい話だな」

「末那高生の風上にも置けません。でも、金森(かなもり)はそんな奴らとは全然違うんです」

「二年の金森……もしかして、家が道具屋やってる奴じゃないか？　食いもの屋が使う道具とか食器とか商ってる……」

「そいつです。金森悟。翔平先輩、ご存じなんですか？」

「前に一度、俺が包丁の手入れをしてたときに、ここに来たことがあったんだ」

そのときも包丁を研いでいた翔平は、いきなり入ってきた彼が入部希望者かと思ったそうだ。当然翔平は喜び勇んで、活動内容の説明をしようとした。ところが彼は翔平の説明には興味を示さず、翔平が包丁を研ぎ終えるやいなや、自分はもうバレー部に入っているから、と去っていったそうだ。

「ああ、やっぱり。あいつは包丁部に入ることは考えてなかったでしょうね。バレーが大好きみたいだし。単に、道具にこだわってるだけで」

家の商売柄、道具が粗末に扱われるのは我慢ができない。包丁だけではなく、ボウルや皿、箸一膳にしても、作った人間の気持ちになって大事に使ってほしい――

金森は一年生のとき、調理実習で同じ班になった大地に、そんなことを漏らしたことがあった。特進クラスは二年生以降に設置されるクラスなので、追試常連組の大地が彼と机を並べたこともあったのだ。

「そんなにできるとは思ってなかったんですけどね、奴が特進に入ったって聞いたときはびっくりしました」

せいぜい俺とドングリの背比べだと思っていたのに、とちょっと不満そうにした大地を不知火が笑った。

「人は見かけによらない、の典型例ですね。ある意味、日向先輩や月島先輩、いや勝山先輩もそうですけど」

「俺たちのことはいい！　で、その金森君は調理実習室の包丁を研ぎたい。もしも原田先生と話をつけてやれば末那高祭当日、うちを手伝ってくれるってこと？」

例によって不知火を切り捨て、颯太は期待たっぷりに訊ねた。

「たぶん。あいつは調理実習で使った包丁の切れなさ加減に、自分が切れそうになってました。そんなに悪い包丁じゃないのに、もうちょっとちゃんと研いであれば……って」

「だよな。俺もそれはよく思う。いっそ俺が全部研いでやりたいぐらいだが、さすがにそれをやってたら包丁研ぎだけで活動が終わってしまう」

「包丁部としてはそれで正解なのかもね、なんといっても正式名称『刀剣研究部』だから」

久しぶりに聞きましたよ、その正式名称、と笑いながら大地は答えた。

「金森もその名称を見て、包丁部を覗きに来たんだと思います。でもうちは実質、料理部ですし、バレーは辞めたくないし……ってところでしょう」

「なるほどな。どうりでずいぶん真剣に見てると思ったよ。俺が教科書通りに包丁を研いでるのを見て、心底安心したみたいだった」

おそらく砥石に包丁を当てる角度からチェックしたに違いない。以前、金森は、調理実習が終わった後の昼休みに、砥石を持ち出して包丁の手入れを始めたことがあった。それを見ていたクラスメイトがふざけて包丁を研ぎ始めたとき、金森はものすごい剣幕で怒鳴りつけた。

「そんなことをしたら刃線が歪む!!」

普段は温厚そのもの、金森悟＝いい人といわれるほどの男の鋭い視線は、彼が手にしていた包丁の鈍い光とともに語りぐさとなった。

「金森はいい奴。でも刃物に関してはかなりクレイジー。奴が刃物をいじっているときに近づいてはならない」

その場に居合わせた者全員がそう認識した。とはいえ、調理実習はそのときが最後。それ以降、刃物を手にした金森を見る機会はなかった。

「とまあ、それぐらい金森は包丁にこだわりを持ってるんです」

「なるほど……それなら、好きに研いでいいぞ、って言ってやるだけで手伝ってくれるかも」

「変な奴……」

「優也、それは言わない約束だ！」

翔平は難しい顔でそう言ったが、どうやらそれは包丁部の共通意見らしい。その証拠に颯太、不知火も、たしなめた翔平さえも笑いを隠せない表情になっていた。

包丁が研ぎたくてたまらない高校生……誰が聞いても不審。だが、助っ人を務めてくれるのであれば、この際どれほど不審だってかまわない。それに金森悟自身は、道具へのこだわりを抜きにすれば、極めて付き合いやすい気の良い男だった。

「じゃあ、大地は明日にでも金森君の意向を確認しておいてよ。原田先生には俺が話をつけておくからさ」

先生との交渉はお手の物、と颯太が自信たっぷりに笑って引き受けた。

『原田先生の了解を取り付けた。家庭科室にある道具は何でも好きに手入れしていいってさ』

昼休みに颯太から届いたメールを確認し、大地は特進クラスの教室へ向かった。大地たちのクラスの一階上、偏差値ばかりか物理的な意味でまで高い場所に位置する特進クラスは、あらゆる意味でハードルが高い。普段なら近寄りもしない場所だが、今日に限ってはそうも言っていられない。

「金森――！」

後ろのドアから叫んだ大地の声に、特進クラスの生徒たちが振り返った。中には、一年生のときに同じクラスだった生徒もいる。万年追試組が何しに来た、とでも言いたそうな顔だった。

だが当の金森は声の主が大地だと知って、嬉しそうに近寄ってきてくれた。

「どうした？　なんか忘れ物でもした？」

俺が持ってるものなら貸すけど、と相変わらず気の良さを前面に押し出しながら、金森はにこにこしている。

「いや、忘れ物じゃなくてさ。学祭当日って手空いてる？」

「えーっと、一時間ぐらいはここの受付にいなきゃならないけど、それ以外は空いてるよ」

「じゃあさ、悪いけどちょっと手伝ってくれない？　そのかわり……」

そう言いながら持ち出した交換条件に、金森は一も二もなく飛びついた。

「マジ！　原田っち、やってもいいって？　やるのは俺だってちゃんと言ってくれた？」

「俺の先輩、『特進の金森が包丁研ぎたいって言ってます』って申告してくれたはずだよ。原田先生、手入れが行き届かないのはわかってたけど、あれこれ忙しくてできなかったってありがたがってたぐらいだから大丈夫」

「本当かな……」

「心配するなって。たぶん、包丁が切れないとかえって怪我をすることがあります、包丁部が責任もって一緒にやります、ぐらい吹いたはずだし。あ、でも翔平先輩が使ってる包丁だけは手を出さないでほしい」

翔平先輩もこだわリストだから、と笑う大地に、金森は安心したように頷いた。

「わかってる。あの人、一生懸命包丁研いでたもんな」

「うん。時間が許せば他の包丁も研ぎたいぐらいなんだろうけど、さすがに部長が包丁ばっかり研いでるわけにいかないし」

大地が、原田先生同様、うちの部長も金森が手入れしてくれるなら大歓迎だよ、と伝えると金森は心底嬉しそうな顔になった。

「それならよかった。当日は暇だし、微力ながらお手伝いさせてもらうよ。あ、なんならバレー部の後輩、ひとりふたり連れて行こうか？」

「金森――――！　お前はなんていい奴なんだ！」

思わず金森に抱きついた大地に、特進クラスの冷たい視線が集まった。でも、その視線の冷たさも、末那高祭の成功すなわち活動費ゲットを思えばなんてことはなかった。

第五話

男の実直スコーン

「これ、どうするんですか？」

大量に印刷されたビラを目の前に、不知火が怪訝そうな顔をした。

「配るに決まってるじゃないか。とにかく人を呼ばなきゃ」

文化祭における出し物は学年が上になるほど完成度も上がる。例年、三年生の教室が並ぶ二号棟にはたくさんの客が押しかけた。一方、包丁部が陣取る被服実習室は芸術教科棟にあり、末那高祭では最も人通りが少ない。日頃音楽室を使っている合唱部や吹奏楽部は体育館や中庭でコンサートをおこなうし、書道部も作品展示には職員室近辺の壁を使っている。結局、芸術教科棟に出入りするのは、準備のために調理実習室を使う飲食店クラスの生徒ぐらいなのである。

「なんで最初から、もっと人通りがありそうな教室を借りないんですか？」

そっちのほうがビラなんかよりずっと効果的です、という優也の疑問はもっともだと思う。

大地は、昨年の末那高祭当日、包丁部がどんな様子だったかなんて思い出せなかった。当時はまだ陸上部に所属していたため、芸術教科棟なんて行かなかったし、ポスターも見た覚えがない。せめてもっと人目につく場所でやっていたら、記憶の隅にぐらい残ったのに……と思うのも当然だった。だが、味重視の代々部長はそんなこと、爪の先ほども思わなかったらしい。

「うちは包丁部。その名にかけても、旨いものを出さねばならない！　旨さの基本は作ってすぐ出すだ！」

みんながみんなそんなことを言い張り、調理実習室から離れることを拒んだ。うちのベースはここだ、他の部やクラスには一切使わせない！　と言いたそうな勢いであったらしいが、さすがにそういうわけにもいかない。百歩譲って調理実習室の共用は認めるにしても、作った料理の提供は直近の被服実習室、というのは譲らなかった。もしも末那高に被服実習室という第二の家庭科教室がなければ、音楽室か書道科教室を乗っ取ったのかもしれない。

いずれにしても旨い料理を作って出すことだけしか頭になく、集客など二の次。いかにも料理馬鹿の集合体らしい判断だった。

「にしたって、もうちょっと人目につくことを考えないと……」

優也が精一杯こっそり、という感じで囁いてくる。昨年の事実上の実行部隊である翔平と颯太を気遣ってのことだろう。ふたりは今、当日不在の埋め合わせにとでもいわんばかりに、ポスターを描いているところだった。そのポスターも、いかにも彼らしく地味を極めている。確かに包丁部らしいけれど、これでは誰の興味も惹けそうにない。ため息をつきながら、大地は答えた。

「だよな……。とにかく活動費の件もあるんだから、今年は人を集めることを第一目標にしよう」

幸か不幸か、当日は料理馬鹿代表の翔平もお目付役の颯太も不在。心細いとは思ったけれど、考えようによってはやりたい放題できるのだ。何が何でも人、いや金を集めなければ！　と志を新たにした大地はビラを作ることにしたのだ。

「いったい誰が配るんですか？」

ビラを作るのはやぶさかではないが、配りに行く人間がいない。いくら助っ人が来るにしても、被服室を回すだけでも大変だと不知火は心配した。

「大丈夫だ。思いの外、助っ人が集まった」

二、三人じゃなかったんですか？　と不知火と優也が怪訝な顔になった。

「そのはずだったんだけどな……」

大地は、二、三人連れて行こうか、という金森悟の申し出にありがたく縋った。金森の好意を伝えた結果、包丁部は感謝の証としてバレー部に差し入れすることを思いついた。中身は今流行の「おにぎらず」。ラップの上に敷いた海苔にご飯と具材を重ね、四方を折って四角く作るものである。具材はいかにも翔平らしく、焼き鮭や昆布の佃煮といったシンプルなものだったが、炊きたてのご飯と香りのいい焼き海苔、鮭や昆布の適度な塩気は、部活の後の空きっ腹にはいたく沁みたようで、バレー部員たちは大喜び。金森が予想した何倍もの人数が協力を申し出てくれたらしい。

「ちょっと多すぎで邪魔かもしれないけど、足りないよりいいよね」

金森はそんなことを言いながら、バレー部員のローテーション表まで作ってきてくれたのだ。

それを聞いた一年生ふたりは感動しきりだった。

「うおーっ！　なんていい人なんだ、金森先輩！」

「まさに温柔敦厚……」

不知火が、またしても無理やりのように四字熟語を持ち出した。しかも、大地には聞いたこともない言葉で何のことやらさっぱりわからない。でもまあ、褒めている感じはするので放置することにして、大地は話を進めた。

「だから人手はある」

「正門前あたりで派手に配ってもらおうかと思ってる」

「それじゃだめですよ」

優也が意外な声を上げた。

末那高祭当日、正門前ではありとあらゆるビラが配られる。そんなところでビラを配っても、読まれるまでもなく鞄に突っ込まれるか、最悪ゴミ箱直行。資源の無駄としか言いようがない。それじゃあどこで配るんだ？　と大地に問われ、優也はちょっとずるそうな目になって言った。

「三年五組の教室前です」

「うわ、思いっきり挑戦的だな、水野君」

「けんか上等か？　大丈夫かなあ」

「人聞きの悪いことを言わないでください。ただの誘致作戦じゃないですか。しかも配りに行くのは俺たちじゃありませんし」

え、マジで……と驚愕の表情になった大地に優也は余裕たっぷりに答えた。

「俺たちはここを離れられません。三年五組とやり合うのは助っ人ってことになります」

「まさに他人のふんどし……」

「それじゃあ、あんまり申し訳がなさすぎる……」

「毒を食らわば皿まで、です。でもまあ、三年五組から文句が出る前に配るだけ配って、さっさと撤退ってところでしょうね」

なんと言っても末那高祭で一番人が集まりそうな場所なんだから利用しない手はありません、と言い張る優也に、さすがの不知火も返す言葉がなかったらしい。彼は無言で頷くと、B4用紙に印刷されたビラを四つに切り始めた。

末那高祭当日、飲食店部門の客は予想通り三年五組イケメンクラスに集中した。

「さあさあ、そこのお嬢さま方。優雅なティータイムはいかが？　三年五組のイケメンが美味しいスイーツとドリンクを揃えて待ってますよ〜！」

正面玄関から三年五組の教室に至る通路、所々に配置されたクラス員が呼び込みを続けている。

イケメンという言葉に釣られてやってきた女子たちが、最後に受け取るのが包丁部のビラだった。呼び込みの甲斐あって、三年五組は大人気。彼女らは、包丁部のビラを持ったまま三年五組の行列に加わり、手持ちぶさたにビラを熟読、という寸法だった。

「へえ……スコーンだって。男子校の手作りスコーンってちょっと怖いけど……」

「でも手作りジャムとクロテッド風クリーム付きって書いてあるよ。包丁部なんて聞いたことないけど、ちょっと食べてみたい気はする」

「包丁部って確か料理部みたいなものだったよ。去年来たときお好み焼き食べたけど、けっこう美味しかったよ」

「ふーん、そうなんだー……じゃあ、そっち行ってみる？」

「ここ混んでるし、そうしよっか」

様子を見てきた金森によると、そんな感じで何組かの女子たちが三年五組の行列から離れたのだそうだ。面白くないのは三年五組の面々である。

「どういうことだ⁉」

「何でこんなところでビラ配りしてるんだ！　営業妨害だろう！」

ビラ配りに行ってくれたのはバレー部の一年生だった。金森は、三年生にすごまれている後輩を見て、さすがにこれ以上はまずい、撤退させてもいいだろうか、と聞きに戻ってきたところだった。

「やっぱり一年生じゃ太刀打ちできないか……。でもまあ、けっこうこっちに客が流れてきたし、この辺で諦めよう」

大地は、案の定か……とため息をつきながら、金森に撤収を伝えた。ところが、ビラ配りの一年生はちっとも戻ってこない。何かもめ事でも起こっていないかと気になり始めた頃、金森がひとりで戻ってきた。

「やるねえ……おたくの一年生」

彼は感心しきりで言った。

「うちの一年生って……？」

優也は調理実習室のオーブンに張り付いている。次から次へとスコーンを焼き上げるのに一生懸命になっているはずだ。不知火は名目上接客担当ということにしてあったが、実際に客を捌いてくれているのはバレー部員で、彼は何もしていない。

そういえば先ほどから姿が見えないが、いったいあいつはどこに行ったのだろう……

周りを見回して不知火の姿を捜す大地に、金森は三年五組前の攻防について報告してくれた。

「あの一年生、不知火っていったっけ？　俺が三年五組に向かってたら、あいつがすーっと追い越してって、三年生とやり合い始めたんだ」

「こんなところでビラを配るな、さっさと芸術棟に戻れ！」

一年生と三年生では体格もうんと異なる。特にビラを配りに行ってくれた一年生はバレー部でも小柄な生徒だったので、大柄な三年生から受ける威圧感は半端ではなかっただろう。

たじたじとなりつつ、引き返そうとしたとき、割って入ったのが不知火だったそうだ。不知火は文句をつけてきた三年生をしのぐ上背があり、一年生のバレー部員はとっさに彼の背に隠れたらしい。

「へえ、ビラ配りって場所の指定なんてありましたっけ？」

そんな決まりがあるなんて初めて聞きましたよ、と不知火は不敵に笑った。

「なに言ってるんだ！　飲食店、しかも同じ喫茶店のビラをうちの前で配るなんて常識外だろう！」

「常識なんてどうでもいいですよ。僕が聞きたいのは、そういう決まりがあるかどうか、です。末那高祭実行委員会が発行した注意書きにそんなことはこれっぽっちも書いてありませんでしたけど？」

「なんだと！　俺たちの客を奪っておいてなんて言いぐさだ！」

「俺たちの客、とおっしゃいますが、別に教室に入って腰掛けてる客を拉致したわけじゃありませんよね。並んでる客が待ちくたびれて列を離れるなんて普通にあることでしょう？」

「他にも喫茶店があるって知らなければ……」

「他に喫茶店があることぐらい、パンフレットを見ればわかるじゃないですか。場内案内図にだってでかでかと書いてあります。ビラなんてただのおまけですよ。第一、この大行列、どうやって捌くつもりですか？」

　教室内のテーブルでは、女の子たちが「優雅なティータイム」を楽しんでいる。イケメンを少しでも長く眺めていたいという気持ちからか、みんなが長居するため回転率も極めて悪そうだった。

「おまけにイケメン目当ての追加注文連発。このままではあっという間に売り切れです」

「今、追加で作ってるところだ！」

　金森も、調理実習室で三年五組のメンバーがせっせとパウンドケーキを焼いていることは知っていた。材料は十分に用意しているから大丈夫だ、と三年五組の男は言い張った。だが不知火はそれにすら平然と言い返した。

「僕もさっきまで見てましたけど、今オーブンに入っているのはせいぜい三本。ここで提供してる厚さに切ったら、ひとり一枚でも二十人分とれるかどうか。しかも焼き上げには小一時間かかります。新しいのが焼ける前に品切れ、新しいのが焼けてもすぐに品切れ。その間にどんどん行列は伸びます。最後は時間切れで並び損、ってことになりませんか？　しかもあんまり行列が長くなっちゃうと隣から苦情が出ますよ」

　そうならないようにうちが客を引き取ってあげてるんですよ、感謝してほしいぐらいです、と不知火は恩に着せるような言い方までしたのだそうだ。

「さすがの三年生も気合い負け。それにしても、三年生相手にあれだけ言い返せるなんてすごい心臓だ」

三年五組の生徒が悔しそうに引っ込んだあと、不知火は三年五組前で行列している客たちに向かって言ったのだそうだ。

「そろそろうちのスコーンが焼ける頃です。テーブルは空いてますし、すぐに焼きたてにありつけますよ。クリームは植物性クリームを使ったローカロリー。クリームチーズでコクを増してますから、本物のクロテッドクリームと比べても遜色ありません。是非一度お試しください」

そして彼は意気揚々と引き上げた。その後ろをついていった女子数組が、今、被服実習室で焼きたてのスコーンに舌鼓を打っている、ということだった。

「なんかさ、頼もしいよね。ああいうのがひとりいると」

そんな金森の言葉を聞かされて、大地は少々複雑な思いだった。馬鹿と鋏（はさみ）は使いようと言うが、不知火にも使い道があったということだろうか……

その後も、三年五組に十組並べば三組ぐらい流れてくる、といった具合で少しずつ包丁部を訪れる客が増えていった。結果として包丁部、バレー部助っ人一丸となってのビラ配り作戦は大成功だった。

「勝山先輩、この皿、洗っていいんですよね！」

　バレー部の一年生たちは実に勤勉だった。接客だけでも大助かりなのに、裏に回って皿やら食器やらも洗ってくれる。翔平が嫌がる「使い捨て容器による提供」を免れたのも彼らのおかげだった。

「スコーンは美味しいし、何よりちゃんとした食器で出てくるのはいいよね」

　女子たちがそんなことを言い合いながら、被服実習室を出て行く。彼女らは当然写真を撮り、ＳＮＳにあげる。末那高のあちこちに散っている彼女らの友人がそれを見て、包丁部にやってくる。そんな嬉しい連動が起こり、午後になる頃には包丁部にも行列ができ始めた。

「やばいな……」

　並び始めた客を見て、不知火がつぶやいた。

「なにが？　大入り満員大歓迎じゃないか」

「行列はまずいです。文化祭巡りは時間勝負です。行列に費やす時間がもったいないって思われたら客が逃げます」

　現に三年五組の行列に嫌気がさして、包丁部に回ってくる客が多数なのだ。ここでも行列となったら勝負は見えている。

「ルックスじゃ、うちに勝ち目はありません！」

「相変わらずはっきり言うな、お前は！」

「大地先輩、悔しいですが事実です。なんとかしないと……」

優也も眉を顰めている。末那高祭終了まであと三時間。ここが勝負所だった。

「回転率を上げるか……あるいは……」

「人手はあります。席数を増やしましょう！」

「でもそれじゃあ、品切れが……」

スコーンの必要数は、席数と回転率を考えて計算した。生地もそれに合わせて用意し、末那高祭終了まで満席が続いてもそれで足りるはずだった。だが、席数を増やすとなると足りなくなる可能性が高い。焼き足すにしても、誰がスコーンの生地を作るかという問題もある。

大地は責任者として被服実習室を離れるわけにはいかないし、優也は今でもオーブンにつきっきりで焼き上げを担当している。翔平や颯太であれば、一度に両方こなせないでもないが、不慣れな優也にタネまで任せたら、両方とも失敗してしまいそうだった。

「まいったな……」

三年生がいない以上、この場を仕切るのは自分だ。それはわかっていたけれど、やはり迷う。

俺は短時間勝負が苦手だからこそ、長距離やってたんだ。そもそも瞬発力に欠けるし、性格的にも決断力がいまいち。地味に続けることは得意だけど、あれこれ考えて采配を振るなんて向いてないんだ……。

それでもなんとかしなければならない、どうしたらいいんだ！　と叫びたくなったとき、いきなりポケットの中のスマホが大音量で鳴った。

「翔平先輩だ！」

「大地、なんかあったか？」

普段から頼りになる先輩だった。けれど、今ほど彼の声が心強いと思ったことはない。今、このタイミングで電話をくれるなんて、翔平先輩はエスパーかもしれない！

だが翔平の次の一言で、それは大地の思い過ごしだと判明した。

「ちょっと前に不知火から着信があったんだ。俺はまだ会場の中だったから出られなくて……」

「うきょ――――っ！　あいつ先輩に電話なんかしたんですか――――⁉」

この時間、翔平が弁当男子コンテストの本選に挑んでいることは知っているはずだ。それなのに、平然と電話を入れるなんて、不知火らしいと言えばらしいが、迷惑にもほどがある。

「すみません！　あとでこっぴどく……」

「いや、いい。どうせ出なかったんだから。ただ、着信履歴が残ってたから、そっちになんか問題でもあったのかと気になってな。すっとぼけた不知火と話すより、お前のほうが手っ取り早い。で、どんな感じだ？」

「それが実は……」

そして大地は、翔平にかいつまんで状況を説明した。

「そうか。好調で何よりだ」

「でも行列が……」

「ある程度の行列は客引きの上でも効果的だが、あまり長くなるとイケメンクラスの二の舞だな」

「ですよね」

「席数を増やしても大丈夫そうか？」

「はい。助っ人のおかげで接客員も間に合うと思います。問題はスコーンの数なんですが、材料を揃えることはできます。いつものスーパーも在庫はたっぷり。今ならオーブンも空いてます。問題は誰が作るか、なんです」

途中で焼き足さなければならなくなったとき、材料が確保できるかどうかは大問題だ。大大地は万が一に備えて、昨夜、近隣のスーパーを覗いてみた。小麦粉、バター、生クリーム、クリームチーズに砂糖まで含めて店頭には十分な在庫があり、これなら大丈夫だと安心した。調理実習室のオーブンもよそのクラスはとっくに使い終わり、優也が占領している分以外、全てが空いていた。

「なんだ、ちゃんと算段できてるじゃないか。スーパーの在庫やオーブンの状況まで確認してあるなんて大したものだ。なあに、スコーンなんて難しいものじゃない。誰でもできる」

そして、翔平は、安心した、もうちょっとだから頑張れよ、と電話を切った。

なんだ、そうか……

確かにスコーンの生地作りも焼き上げも難しい作業ではない。誰でもできると言われればそのとおりだった。

よし、席数を増やして、スコーンを焼こう。問題は誰にやらせるかだな……

大地がスマホをポケットにしまって目を上げると、ちょうど不知火がこちらにやってくるところだった。

「見るからに思案投首（しあんなげくび）ですね。あ、思案投首って名案が浮かばず考え込んでるってことですよ」

大地は、最初から説明付きかよ！　とむかっとしたが、知らない言葉なんだから説明してもらったほうが手っ取り早い。今責めるべきはそこではなかった。

「翔平先輩に電話なんかするなよ！」

「あ、もうコールバックしてくれたんだ。さすが日向先輩」

「さすがじゃねえよ！　大事な本選の最中なのに！」

「日向先輩ならマナーモードにしてるし、本選中なら出ないと思ったんですよ。ワン切りしたし、あとで暇ができたら電話くれるかなーって」

「だから！　なんで⁉」

「勝山先輩、困ってるみたいだったから。日向先輩なら、的確な助言ができると思ったんですよ。助言なんてくれなくても、声を聞くだけで安心できそうじゃないですか」

悔しいが、不知火の言うとおりだった。

席数を増やして、スコーンを焼き足す。その算段は自分でもできる。だが本当にそれでいいのか迷ったし、スコーンを焼く人選もできなかった。『誰でもできる』と気楽そうに言われて、そうか、誰でもいいんだ、と肩の力が抜けたのだ。翔平の声とお墨付きの効果は絶大だった。

「で、日向先輩はなんて？」

「スコーンなんて誰でも焼けるって言われたよ」

「ああ、そうですね。レシピとしては簡単ですから」

「誰でもって言われてもな……。多少は作り方がわかってる人間じゃないと」

「最初からレシピを読んで、じゃ無理ですね。大丈夫、僕がやりますよ」

「お前が⁉」

　こいつは口先大明神だ。屁理屈をこねさせたら颯太先輩ですら敵わないかもしれない。おかげで三年五組前の攻防は大勝利。だが、こいつにスコーンの生地を任せるのはどうなんだ
……

　末那高祭の準備に入ってから今まで、不知火は一度も生地作りに参加しなかった。客数や回転率から必要なスコーンの数を割り出したり、材料を計算したりといった机上の作業には嬉々として参加したが、実践となると誰かの作業を見守ることに徹した。準備期間全般を通して、料理をしない包丁部という世にも珍しいスタイルを貫いたのが不知火だった。その彼が、名乗りを上げたのはある意味奇跡だった。

「たいていのスイーツは計量ミスさえしなければ大丈夫なはず。作り方は何度も見たし、難しいとも思えません」

　大地は、だったらなんで準備期間中に参加しなかった、と問い詰めたくなる。だが、今はそんなことを言っている場合ではない。作れるというのなら、それを信じるしかなかった。

「よし、じゃあお前に任せる！」

早速大地は、不知火とともに調理実習室に出向いた。優也は生地を切り分けては丸めて天パンにのせる、という作業を黙々と続けていた。朝よりもずっとスピードアップしていて、まるでもう何十年もスコーンを焼いてます、といわんばかりの様子だった。これなら妹への伝授も速やかにおこなわれることだろう。

事の次第を聞いた優也は一瞬、え、こいつが？　という顔になったが、他に人がいないことはわかっていたのだろう。大きく頷くと、周りを見回して言った。

「わかりました。でも、もうひとりぐらいいたほうがいいですよね？」

買い物だって結構な量だし……と優也は言う。彼も、いくらなんでも不知火ひとりに任せるのは恐ろしすぎる、と思ったのだろう。縋るように見回した優也の目に入ったのは、金森だった。人手が足りないとなったとき、なぜか必ずそこにいる金森はもはや救世主以外に呼びようがなかった。

「ああ、はいはい。何を手伝えばいいの？」

「金森せんぱ――い！」

なんでもやるよー、と軽く引き受けてくれた金森に今度は優也がヘビーハグだった。もう一生ついていきます、といわんばかりの優也に「じゃあ、包丁の研ぎ方を教えようか？」なんて冗談交じりの台詞をぶつけてどん引きさせ、金森は不知火とともに買い物に出かけていった。

「あんなにいい人なのに、趣味が包丁研ぎって残念すぎ……」

首をひねりながらつぶやいた優也の台詞に、大地は苦笑いを浮かべる。おそらく金森はいい人すぎるが故に、親が商う道具たちが粗末にされるのが許せないのだろう。

かといって、よその家に乱入して包丁を研ぐわけにはいかない。せめて自分が出入りする学校の道具ぐらいなんとかしたい。そんな気持ちでいっぱいになっているに違いない。

調理実習室の道具を手入れすることが彼の望みならば、存分にやってもらっていい。いや、それよりも、彼がそんな気持ちにならなくてすむように、日頃からできる手入れはちゃんとやろう。

大地は金森の後ろ姿を拝みながら、そう思わずにいられなかった。

「えーっと、横田と鹿山、ちょっと来て！」

買い物から戻った金森が被服実習室のドアから顔を突っ込んで、後輩ふたりを呼んだ。

「なんすかー？」

「お前らのクラス、飲食店だよな？　クラスのほうは大丈夫？」

「はい。俺たちの当番はもう終わったんです」

「そうか。じゃあ、ちょっと手伝って」

そして金森は後輩ふたりを引き連れて、調理実習室へと消えた。彼らは保健所から指示を受けた検査も済ませているから、スコーン作りを手伝わせても大丈夫だと判断したのだろう。

一般公開時間が終了し、助っ人のバレー部員たちも引き上げた。金森だけは少し残って調理実習室にある包丁の様子を確認。激務の一日だったのに、明日の昼休みから少しずつ研がせてもらうよ、と嬉しそうに笑って帰って行った。包丁部の三人は、心の底からの感謝を捧げ、深々と礼をして彼を送り出した。

「スコーンは追加分まで含めて完売。活動費はばっちり稼げたし、これで野草料理は免れますね！」

被服実習室の椅子に腰を下ろして、優也が嬉しそうに言う。

「俺もスコーンの作り方はしっかり覚えたし、妹にも教えてやれます」

今日一日、この部屋にはたくさんの客が出入りした。借用した以上、きれいにして返さなければ……と三人がかりで掃除をし、ようやく原状回復させたところだった。

席数を増やしたおかげで行列は解消。自ら名乗りを上げた不知火は、大方の予想を裏切って大奮闘だった。

何度も見たから大丈夫という言葉どおり、不知火はスコーン作りの手順をすっかり頭に入れていたらしい。助っ人を手足のように使って材料を量り、ふるい、すり混ぜて作った生地を、次々とオーブン番の優也の元に届けた。小麦粉だらけになりながらも、せっせと粉とバターをすり混ぜる不知火の姿は日頃の皮肉屋からは想像もできなかった。

不知火の指図は、手足のようにと言うよりも、使用人のようにと言いたくなるほど居丈高だった。だが、運動部で鍛えられたバレー部員たちは、不満な顔をすることもなく従ってくれた。もしかしたら不知火が同じ一年生だと気がついていない者もいたのかもしれないけれど……

ともあれ、不知火とバレー部員、そして優也の奮闘でスコーンは次々と焼き上がり、品切れを免れた。それどころか、焼き上がりとともに供給されるという理想的な状況で、客たちの絶賛を浴びたのである。

三年五組のイケメンカフェも時間いっぱいまで営業を続けた。

大行列の客を捌くのに休む間もなく働きまくり、挙げ句の果てに売り切れで早じまいを余儀なくされる可能性もあった。イケメンカフェが目指した「優雅なティータイム」のイメージを守れたのは、包丁部が適度に客を奪ってくれたおかげだ、という感想まで飛び出したほどだ。

包丁部を訪れたのは狙い通り女子が多かったけれど、それに釣られて男子もそこそこやってきた。イケメンだらけの三年五組よりも居心地がいいとは彼らの談。ここで喜ぶべきかどうか、大いに悩むところではあったがスコーン自体は絶賛されていたから良しとすることに決めた。

さらに、明らかに受験用の下見と思われる男子中学生の中に、非常に熱心に質問する者がいた。

「包丁部って面白い名前ですが、内容としては料理部なんですよね？　普段もこういうスイーツ系を作ることが多いんですか？」

はきはきと訊ねた彼の名前はなんと言っただろうか。ちゃんと名乗っていたような気はしたが、客の応対に忙しくて覚えられなかった。とにかく、そのなんだかとても利口そうな中学生は、日頃の活動は総菜や丼物といった普通の家庭料理だと聞いて目を輝かせた。

「じゃあ、大学で下宿とかすることになったとき、すごく役に立ちますね！」

そして彼は、自分はこの高校が第一志望で、大学は家から通えないところを目指している。だから料理のノウハウは絶対に必要なのだと主張した。

「俺、絶対、包丁部に入りますから！」

なんとも心強い言葉を残し、彼は被服実習室を去っていった。他にも料理部の活動について訊ねた男子は複数いた。その全員がこの学校に来ることはないにしても、来年度に向けて楽観視できる要素のひとつではある。新入部員勧誘という意味でも、包丁部のイベントは上出来だった。


一休みを終えて、今度は調理実習室を片付けなければ……と場所を移動した三人を待っていたのは意外な人物だった。

「うわっ！　どうしたんですか⁉」

被服実習室から戻された皿やフォーク、グラスなどをせっせと洗っていたのは颯太だった。時計の針は午後五時近くを指している。弁論大会はとっくに終了している時刻である。だが、弁論大会が終わったあと、学校に戻るなんて一言も聞いていなかった。

「お疲れさん。この皿の数を見ると、相当な客の入りだったみたいだね」

「おかげさまで大入り満員。席数倍増の大騒ぎでした」

「それはよかった。じゃあ、活動費は大丈夫？」

「もちろんです。これからもばんばん野獣飯作って食えますよ」

大地と交わす言葉はいつもと変わりない。でも、なんだか随分元気がなかった。

ああ……これは、結果は聞かぬが花だ、と思っていたのに、またしても地雷踏み抜き男が登場した。

「月島先輩、結果はどうでしたか？」

どかっ！　と優也が不知火を蹴っ飛ばした。しかもかなり本気の蹴りだった。颯太は見るからに気落ちしているのに、あえてそんなことを聞く不知火に堪りかねたのだろう。

「痛い！　水野君、なんで蹴るんだよ」

「不知火、お前は蹴られて当然だ。なんなら俺も蹴っ飛ばしてやろうか！」

大地と優也に両側から詰め寄られ、さすがの不知火もたじたじとなる。そんな後輩三人に苦笑しながら、颯太は力なく答えた。

「結果は惨敗。選外もいいところだったよ。俺はしゃべりには自信があったんだけど、弁論大会用のトークって普通のしゃべりじゃないのな。『青少年の主張』ここにあり、って感じ。お呼びじゃなかった……」

ＡＯ入試狙いの付け焼き刃なんて通用しないって言った不知火が正解だったよ、と颯太は乾いた笑いを漏らした。

「あれは……」

さすがにまずいと思ったのか、不知火が口の中でもごもごと弁解を始めた。本当にそう思ったわけじゃない、ただいじりたかっただけで……とそれはそれでひどい言い草だったが、わずかながらも落ち込んでいる颯太を気遣う気持ちが見られた。

「まあ、もう済んだことだし、心を入れ替えて受験勉強に打ち込むよ」

「それがいいです。月島先輩はあれだけの雑学を詰め込める頭を持ってるんですから、本気出せばきっと……」

「本気出せばって……。不知火、やっぱりお前の言葉は褒めてるように聞こえないね」

颯太はとほほ大全開、だった。もう黙ってろお前は！　と大地にすごまれ、今度こそ不知火は口をつぐんだ。

「それで颯太先輩、なんでまた……」

「うん。弁論大会もアウトだったし、せめて皿洗いでも手伝おうかなあって」

お前らの顔も見たかったしね、と今度はちょっと照れながら言う。

そうか……颯太先輩にとっても包丁部はそういう場所なんだ……

後輩である自分は、翔平や颯太を頼りにし、何かがあったときは助けてほしいと思うし、声を聞くだけでも力づけられる。でも先輩である颯太が、皿洗いを口実にしてまで学校に来たくなるほど、自分たちの存在を拠り所にしてくれているなんて思ってもみなかった。

「皿なんて洗わなくていいですよ、俺がやりますから！」

「颯太先輩は弁論大会で頑張ってきたんだから、座って休んでください」

優也が颯太が手にしていたスポンジたわしを奪い取り、大地は椅子をすすめた。不知火は冷蔵庫のところに行って、わずかに残っていたペットボトルの紅茶をグラスに注ぐ。

「スコーンも残ってたらよかったんですけど、あまりにも上出来で焼ける端から売れちゃって」

自画自賛を忘れないところが不知火の不知火たる所以(ゆえん)だった。

「サンキュ……。でもやっぱりこれ飲んだら手伝うよ」

そして後輩三人は、颯太がグラスを空にするのを待って、調理実習室を片付け始めた。


「おーい、朗報だぞー！」

片付けが終わったとき、時刻は六時半を過ぎていた。

こういうとき、顧問が口にするのに一番ふさわしい言葉は「差し入れだぞー」なのではないかと思いながらも、ミコちゃん先生の明るい声と表情に、大地は期待を膨らませる。翔平が電話をかけられたぐらいだから、弁当男子コンテストは既に終わっている。このタイミングで入ってくる『朗報』なんて、翔平の結果以外に考えられなかった。

「入賞ですか？　審査員特別賞ですか？　ブービー賞ですか⁉」

優也が、なんだそれ？　な質問を繰り出し、ミコちゃん先生は笑い崩れる。

「弁当男子コンテストにブービー賞があるわけないだろ！」

「じゃあなんですか！　もったいぶらずに教えてください！」

「じゃーん！　お知らせしまーす！　本年度弁当男子コンテスト、栄えある優勝者は末那高校三年、日向翔平君に決定いたしました！」

「うお――翔平、優勝かあ――!!」

「やったぜ、翔平先輩!!」

「部費大幅アップだあ!!」

「優勝の上に大賞とかグランプリとかありませんよね？」

不知火の一言で、沸き立つ部員たちが一瞬黙り込んだ。だがその疑いは、ミコちゃん先生が大きく横に振った首であっさり否定された。

「正真正銘、日向が一等賞。しかも前代未聞の満場一致だったらしいぞ」

「どんな弁当作ったんですか!?」

「知らん！　そんなの本人に訊いてくれ」

優也の問いをあっさり躱し、ミコちゃん先生は、帰ってきたら再現させてみよう、なんて気楽かつ魅力的な提案をした。

「すごいなあ、翔平。やっぱりあいつ、進学なんてやめてそのまま料理人になったらいいのに」

「日向本人が進学を希望してるんだから、それでいいじゃないか。進学したからといってあいつが料理をやめるわけじゃない」

「そうですよ。それに、翔平先輩が近場の大学に進んでくれたら、時々来てくれるかもしれないじゃないですか」

就職しちゃったらそうはいきませんよ、と優也は至極ごもっともなことを言った。

「確かにな。俺たちはまだまだ翔平先輩に教わりたいことがたくさんあるし……」

「俺とは違うよね……」

颯太がぽつりと呟いた。確かに本日、翔平と颯太は明暗を分けた。でも、だからといって包丁部における颯太の価値が変わるわけではない。そんなことは大地はもちろん、一年生ふたりだってちゃんとわかっていた。

「何を言ってるんですか。俺が包丁部に入れたのは颯太先輩のおかげです」

あのとき颯太が図書室にやってきて声をかけてくれたからこそ、大地は包丁部に入部したのだ。膝を壊して走れなくなって陸上部を辞めたあと、どうしていいかわからなくなっていた自分に居場所を与えてくれたのが颯太だった。そして優也にも同じことが言えた。

「そうですよ。颯太先輩がいなかったら、俺だって今頃、母親の味覚音痴を嘆きながらお星様とにらめっこです」

　優也の台詞で、颯太は自分の手柄を思い出したらしい。ようやく彼らしい、ちょっとからかうような口調になって、颯太は言った。

「だよね。俺がいなければ、今頃、優也は天体望遠鏡でワシントン条約すれすれの恐竜トカゲを覗いてたかもね」

「ワシントン条約すれすれの恐竜トカゲ……？」

　優也を天文部から奪回した事情を知らない不知火は首を傾げている。『もしかしてアルマジロトカゲ……？』という言葉が聞こえたような気がしたが、思いっきり無視して、大地は力強く言い切った。

「包丁部の廃部の危機を救ったのは颯太先輩です。翔平先輩の料理の腕と颯太先輩の人集めの腕、両方あってこその包丁部なんです」

「そうか……。そうだよね……」

　思い切り嬉しそうな顔で颯太が頷いた。

「えーっと、うまくまとまったところで悪いが、月島にもちょっといい知らせが来てるぞ」

「え？」

包丁部全員の視線がミコちゃん先生に集まった。

「弁論大会の審査員に知り合いがいるんだ。さっきちょっと電話で話をしたんだが、月島の原稿自体は悪くなかったそうだ」

論理性も説得力もあった。もしも颯太がもうちょっとスピーチというものに慣れていて、原稿をしっかり記憶し、弁論大会独特の感情満載の話し方で、しかも時間をオーバーすることなく発表を終えられていたら、入賞の可能性もあったらしい。

「え、月島先輩、時間オーバーしちゃったんですか？」

「うん。いつもどおりのしゃべり方にあわせて原稿を作ったんだけど、リハで話すスピードが速すぎるって注意されて、ゆっくりしゃべったらタイムオーバー。危うく失格になるところだったんだ」

「あほだなあ、月島。話すスピードが速いって自覚してなかったのか？」

「いやあ、あんまり……」

ミコちゃん先生に突っ込まれて、颯太は人差し指で頬を掻いた。確かに颯太のしゃべりは普通よりも速い。きっと言いたいことがたくさんありすぎるからだろう。そのスピードを元に原稿を作って、おまけにスロー再生したら時間が足りなくなって当然だった。

「将来性大ありだそうだぞ。真面目に弁論やってみるか？」

「まっぴらです！」

颯太の返事の速さは、『もう懲り懲り』という感情の表れだった。


「あー、よかった！　まだいたか‼」

なにやら大きな手提げ袋を持って、息せき切って走り込んできたのは翔平だった。

「翔平！　帰ってきたのか！」

「聞きましたよ！　優勝ですって⁉」

「え……？　そうなのか？」

「はあ⁉」

もうすでにミコちゃん先生も、部員たちも知っている情報をなぜ本人の翔平が知らないのだ、と部員たちはあっけにとられた。信じられない、という顔でミコちゃん先生が翔平に訊いた。

「なんで知らないんだよ。ちゃんと発表されただろう？　そもそも帰りが早すぎる」

ミコちゃん先生が指摘するのも無理はない。弁当男子コンテストは午後四時終了予定。表彰式が終わるなり新幹線に飛び乗っても、この時間に学校に来られるわけがなかった。ところが翔平は平然と、あり得ない台詞を放った。

「いやあ、俺、調理が終わるなりすっ飛んで出たから……」

「なんで⁉」

「こっちのほうが気になってな。作り終えてしまえば、あとはもういてもいなくても結果は変わらないんだし、帰っちゃってもいいかなーと」

「じゃあ、表彰式とか出なかったのか⁉」

「入賞するなんて思わなかったんですよ。へえ……優勝かあ」

なんて呑気な……と大地ですら思うほどだった。おまけに翔平は、優勝ならよけいに、表彰式に出なくてよかったとまで言っている。

「あの馬鹿でかいトロフィー持たされるなんてまっぴら。帰ってきてしまえば、適当に送ってもらえるでしょう」

「日向……無欲の勝利ってお前のことだよ」

「そうですか？」

しれっと返す翔平に、ミコちゃん先生が脱力している。いつもと反対の役どころとなって戸惑いまくっているようだった。

「本当によかった。あんなトロフィー持ってたら、これは買えなかった」

そして翔平は、一日ご苦労さん、これは土産(みやげ)だ！　と大きな手提げ袋を大地に渡した。横からのぞき込んだ優也が歓声を上げた。

「肉まんだ――――！」

「優也、これは肉まんじゃない、豚まんというものだよ」

「そんなのどっちでもいいです！」

肉まんと豚まんの違いについてトリビアを展開しそうになった颯太をぶっちぎって、優也は紅白の手提げ袋の中身を大皿に移した。ついでに翔平に釘を刺す。

「翔平先輩、邪道なんて言わないでくださいね！　俺たち腹ぺこなんです」

ぴーっとラップフィルムを伸ばして皿にかぶせるなり、優也は『豚まん』を電子レンジに突っ込んだ。

にっくまん、にっくまん、と不知火が歌っている。なんだこいつ？　と怪訝な目を向けると、彼は、僕の中では点心はデザート部門、スイーツと隣り合わせなんですよ、と宣（のたま）った。

「肉まんの皮も元を正せば小麦粉です。ケーキもクッキーもうどんもパスタもパンも肉まんも小麦粉。なんて素晴らしいんだ小麦粉！」

こいつ、ふわふわの手触りに萌えるあまり、とうとう小麦粉教に入信しやがった……。

大地は思わず深い深いため息をついてしまった。

末那高祭はつつがなく終了。スコーンは完売し売り上げは上々。三年五組イケメンクラスとのもめ事もなんとか収まった。翔平は弁当男子コンテストで優勝し、颯太は原稿だけとはいえ高評価を得た。唯一の問題があるとすれば、廃部阻止要員にすぎなかった不知火がやけにやる気になってしまったことぐらいである。

末那高祭終盤、最後のスコーンが焼き上がったのを確認して、不知火は言った。

「もともと語源がらみで、料理の作り方とか成り立ちには興味があったけど、実際に作りたいかっていうとどっちでもいい、って感じだったんです。要するに口耳之学一直線。でも、さっきのスコーン作りは目茶苦茶面白かった。月島先輩や勝山先輩が大騒ぎしていたけど、粉とバターをすりあわせる作業にあんなに癒やされるなんてびっくり。もうね、ストレス全ぶっ飛びでしたよ」

大地は、だから『こーじのがく』ってなんだよ、小難しいことを言うな！　しかも、お前の生活はその程度の癒やしでなんとかなるぐらいのストレスしかないのか！　と突っ込みたくなってしまった。だが、大地自身、あの作業は楽しかったと思う。体温に温められ徐々に柔らかくなっていくバターと小麦粉の手触りは、安物の毛布なんかよりもずっとふわふわでいつまでも触っていたくなる。でも、それでは永遠にスコーンは完成しない。泣く泣く牛乳を投入し生地にまとめ上げたほどなのだ。さすがに『全ぶっ飛び』は大げさではあるが、確かに癒やし効果は高かった。

「でね、思ったんですけど、包丁部でももっとスイーツを作ったらどうでしょう？　野獣飯もいいですが、パンやスイーツなら持ち帰ったり人に配ったりもしやすいじゃないですか。この間のバレー部は、差し入れに感動して助っ人に来てくれる奴が大量発生したし、なんかの理由で部活を辞めることがあったら包丁部への入部を検討してくれるかもしれません」

「餌付けかよ……」

「勝山先輩、勝てば官軍です。包丁部の将来のためにはそれぐらいの作戦が必要だと思いますよ」

不知火は、どうしたんだこいつ、なんか悪い薬でも決めてんじゃないのか？　と思うような熱弁を振るった。どうやら本当にスイーツ作りに目覚めてしまったらしい。このままではどっぷり包丁部に根を下ろしてしまう。そうなったら、いつ、包丁の語源に則って牛を捌かせろ、と言い出すかわからない。でも……

今現在、包丁部は彼の存在なしに成り立たない。とりあえず不知火がスイーツ男子を目指すならば、牛刀の出番はないかもしれない。皮肉な物言いも、人を食った態度そのものも気に入るとは言いがたいけれど、包丁部の未来については真剣に考えているようだ。ここはひとつ、絶え間なく小麦粉とバターを供給し続けることで、包丁の語源問題を封印してしまうか……

それに、冷静に考えたら、実際に牛を捌くことが可能かどうかぐらいこいつにわからないわけがない。きっと包丁の語源というのはこいつ独特のユーモアで、俺たちがおたおたするのを楽しんでいただけなのかも……。奴の雰囲気があまりにも不気味で、ついおびえてしまったけれど、スイーツ作りに萌えている不知火は、ちょっと可愛い……いや、それはないな。こいつに可愛いなんて要素があるわけない――

大地がそんなことを思っている間にも、不知火は『パンとお菓子の作り方』なんて本をひっぱりだして読みあさっている。まるでプロが使うような、分厚くて詳細なレシピ本である。表紙に女の子も載っていなければ、男の子のための、なんて煽り文句もない。それでも彼は一心不乱にページをめくっている。

これまで調理実習室にそぐわない感じだった不知火が、今はボウルや泡立て器のある風景にしっかりと馴染んでいた。

ピッピッピッ……

電子レンジが軽やかに鳴り、『豚まん』が温まった。

部員たちは一斉に手を伸ばし、大きな『豚まん』にかぶりつく。ふわふわの皮をかじりとった中には汁気たっぷりの肉餡。コンビニ肉まんとは段違いのボリュームと、『豚まん』と呼ぶに相応しい豚肉そのものの味を、部員たちはたっぷり堪能した。

翔平が『小麦粉＋肉』のコラボをゆっくり味わっている不知火と、先に食べ終わってまだ食べたそうにしている優也に目をやった。颯太に小さく頷いた後、彼は大地に向き直る。

「大地、やってけそうか？」

俺？　一年生たちじゃなくて俺？　何で今更俺に訊くんだ？

大地は、問われた意味がわからず、きょとんとしてしまう。そんな大地をクスリと笑って、颯太が言った。

「このメンツを引っ張って、来年の五月までにあとふたりゲットする。それが大地にできるか、ってこと」

「俺たちはもうすぐ引退する。次の部長はお前だ」

「うきょっ！」

思わずそんな素っ頓狂な声が出てしまった。

翔平や颯太がいなくなったあと、優也はともかく、不知火を御すことができるかどうか大いに謎だ。この人気のない包丁部に新たに入ってくる生徒がいるとしても、それもきっと訳あり物件。今日、入学したら絶対入部します、なんて言った生徒がいたが、よく考えたら合格するかどうかもわからない学校でそんな宣言するなんて尋常じゃない気がする。そんな難物たちをまとめていけるかと聞かれても、返事なんてできるわけがなかった。

できなくてもやるしかないんだろうなあ……

来年ならともかく、今すぐ優也に部長をやらせるわけにはいかない。不知火はもっと怖い。それなら自分がやるしかない。これまでだって廃部の危機は何度もあった。代々部長はそれを乗り越えてきたんだから、俺にだってできないわけがない。なあに六千メートルのペース走のあと二五〇メートルを六本走るよりマシ。少なくとも筋肉痛にはならないだろう。

「どうだ？　やれそうか？」

「や……りますʼ」

「その間はちょっと気に入らないけど、やれますじゃなくてやります、ってのがいいよね」

「ああ、いかにも大地らしい」

頑張れよ、と大地の肩を叩いた翔平の腕は、相変わらず筋肉質で力もたっぷり込められている。きっと彼は受験目前になっても筋トレをやめないのだろう。フライパンを自由自在に操るためだけに鍛えられた筋肉。その違和感は半端ないけれど、それが料理部部長としての彼なりの誇りだ。

自分にはそんなこだわり方はできないし、翔平みたいに電話一本で不安な後輩の気持ちをすくい上げることもできそうにない。でも、翔平や颯太が守ってきた包丁部を潰すことだけはしたくない。そのためにできることなら何でもやろう。

そして大地は、冷蔵庫をのぞき込む。スコーンに使った卵がいくつか残っていた。

「お、卵発見！　豚まん食ったら余計に腹が減りました。翔平先輩、あのとろとろ親子丼の極意、伝授してください！」

翔平がよっしゃとばかりに立ち上がった。

「優也、鶏肉買いに行ってこい！」

「また俺ですか～」

そんな文句を言いながらも、優也は財布をごそごそとポケットに突っ込む。

「大地、卵を割って混ぜてみろ。親子丼の命は黄身と白身の混ぜ具合だからな」

「了解です！」

元気よく答えると、大地は小ぶりのボウルに卵を片手でぽんと割り入れた。そういえば、入部した頃は卵をまともに割ることもできなかった。両手でおっかなびっくり割っても、黄身が割れたり、殻が紛れ込んだりしたものだ。ところが今では、こんなにきれいに割ることができる。他の料理だってそれなりに覚えた。

優也にしたって、今日一日でスコーンの焼き方は完璧にものにした。きっと遠からず家で『本当のスコーン』を焼いてみせることだろう。本物のスコーンの味を知れば、きっと妹も作り方を覚えたくなるし、優也は喜び勇んで教えるはずだ。次の女子会があるのかないのか知らないけれど、そこで好評を得れば自信につながり、他の料理への興味も芽生えるかもしれない。優也が包丁部で学んだ料理を妹に伝授すれば、妹の味覚音痴は未然に防がれ、兄貴としての株は急上昇となる。

不知火の小麦粉ラブはどうしたものかと思うけれど、小麦粉を使う料理はたくさんあるから誘導の可能性は残っているし、スイーツにしがみついたとしても、包丁部にパティシエがいると思えば我慢できなくもない。

俺たちは着実に進歩してる……

抑えきれない笑みを浮かべながら、大地が卵を箸でかき回していると、不知火の不満そうな声が聞こえてきた。

「その卵、明日にでもマドレーヌにしようと思ってたのに……」

「それはまた今度。今は引退前の先輩方にたっぷり教えを請わないと！」

「なるほど、虚往実帰というわけですね」

「不知火。虚往実帰って空っぽの頭で先生のところに行って学んで帰るって意味だよね。別に大地の頭は空っぽじゃないよ」

へえ……「きょおうじっき」ってそういう意味なのか。颯太先輩よく知ってたな、へへ、不知火が悔しそうな顔をしてるぜ。小難しい言葉を使えるのはお前だけじゃないんだよ！

それにしても、やっぱりわかってくれてるな、颯太先輩は……

へらへらと喜んでいる大地を見て、ミコちゃん先生がにやりと笑った。

「勝山の頭は空っぽじゃない。情報はそれなりに入ってる。ただ、情報が入ってくるスピードが速すぎるから、あっという間に流れ去ってあんまり定着しないだけだ」

「先生、せっかく次期部長を持ち上げようとしてるのに、台無しじゃないですか……」

颯太がまったくこの人は……と首を振るが、ミコちゃん先生はどこ吹く風。さらに翔平が次なる攻撃の矢を放つ。

「大地、もういっそ、新しい情報を入れないようにしてみたらどうだ？　そうすれば滞留時間が延びて記憶に残るかもしれないぞ」

「翔平先輩まで!!」

堪らず声を上げた大地に、いかにもお前のためを思って……みたいな顔で翔平は言う。

「最初の評価が低いと後が楽だ」

「雨後の筍（たけのこ）並みの急成長を狙えます」

とは言うまでもなく不知火の弁。優也は優也で、翔平にこっそり囁いている。

「でも、急成長した大地先輩って、ちょっと想像できませんよね」

「みんなまとめてひどすぎ……」

がっくりと首を垂れた大地に、包丁部員とミコちゃん先生の明るい笑い声が降り注いだ。

この作品は二〇一五年七月小社より刊行されたものです。

幻冬舎文庫

●好評既刊
日本の「運命」について語ろう
浅田次郎

日本の未来を語るには、歴史を知らないと始まらない！　特に現代生活に影響を与えているのは江戸以降の近現代史。人気時代小説家による、驚きと発見に満ちた現代史。現代人必読の一冊。

●好評既刊
アイネクライネナハトムジーク
伊坂幸太郎

人生は、いつも楽しいことばかりじゃない。でも、運転免許センターで、リビングで、駐輪場で、奇跡は起こる。情けなくも愛おしい登場人物たちが紡ぐ、明日がきっと楽しくなる、魔法のような物語。

●好評既刊
孤高のメス　完結篇
命ある限り
大鐘稔彦

ライバルにして親友、藤城俊雄を救うため、徹夜の生体肝移植手術に臨む当麻鉄彦。一方、鉄心会の理事長・徳岡鉄太郎が突如難病ALSに侵されて――。医療ドラマの最高峰、ここに完結。

●好評既刊
雨の狩人(上)(下)
大沢在昌

新宿で起きた殺人事件を捜査する佐江と谷神。事件の裏側に日本最大の暴力団が推し進める驚くべき開発事業の存在を突き止めるが……。「新宿鮫」と双璧をなす警察小説シリーズ、待望の第四弾！

●好評既刊
きみはぼくの宝物
史上最悪の夏休み
木下半太

誰にでも「大人になった夏」がある。江夏七海にとって、十一歳の夏休みが〝それ〟だった――。初めての恋と冒険。それを邪魔する、落ちぶれた冒険家の父。ドキドキワクワクの青春サスペンス。

幻冬舎文庫

●好評既刊
夜また夜の深い夜
桐野夏生

顔を変え続ける母とアジアやヨーロッパの都市を転々とし、四年前からナポリのスラムに住む。国籍もIDもなく、父親の名前も自分のルーツもわからない。疾走感溢れる現代サバイバル小説。

●好評既刊
いま、死んでもいいように
執着を手放す36の智慧（ちえ）
小池龍之介

「自分らしく生きなければ」「老いてなお盛んでなければ」――現代人がいかに誤った思い込みをしているかを、ブッダの言葉から説き明かす。《いま、ここ》だけに集中し最高の幸せを手にする法。

●好評既刊
感じる科学
さくら剛

「超高速ですれ違う亀田兄弟」にとって、お互いのパンチはどのように見えるのか？　光・重力・宇宙――真面目な科学の本質を、バカバカしいたとえ話で解き明かし、爆笑と共に世界の謎に迫る！

●好評既刊
新版 お金持ちになれる黄金の羽根の拾い方
知的人生設計のすすめ
橘　玲

国、会社、家族に依存せず自由に生きたいなら資産1億円が要る。欧米や日本では特別な才がなくとも勤勉と倹約それに共稼ぎだけで目標に到達する。誰もができる人生の利益の最大化とその方法。

●好評既刊
人生ほの字組
EXILE NAOTO

かつらが飛んでも踊り続ける小林直己の真面目さやELLYの規格外のスケール秘話等、EXILE TRIBEメンバーの素顔が満載。過激な日常をパックした、EXILE NAOTOによる文才光る爆笑フォトエッセイ。

放課後の厨房男子

秋川滝美

平成29年9月15日　初版発行

発行人――石原正康
編集人――袖山満一子
発行所――株式会社幻冬舎
〒151-0051東京都渋谷区千駄ヶ谷4-9-7
電話　03(5411)6222(営業)
　　　03(5411)6211(編集)
　振替00120-8-767643
印刷・製本―図書印刷株式会社
装丁者――高橋雅之

幻冬舎文庫

ISBN978-4-344-42646-7　C0193　　あ-64-1

幻冬舎ホームページアドレス　http://www.gentosha.co.jp/
この本に関するご意見・ご感想をメールでお寄せいただく場合は、
comment@gentosha.co.jpまで。